Tha Alison Lang na sgrìobhadair nobhailean agus dràma, agus na neach-deasachaidh a tha ag obair gu ìre mhòr tro mheadhan na Gàidhlig. Tha i air a bhith ag obair don chraoladair Ghàidhlig, MG Alba, Theatar Nàiseanta na h-Alba agus mar neach-aithisg oifigeil aig Pàrlamaid na h-Alba. Nochd a' chiad leabhar ficsein aice, *Cainnt na Caileige Caillte*, air geàrr-liosta an Saltire Society airson duais Ciad Leabhar na Bliadhna.

Am Balach Beag a dh'Èisteadh aig Dorsan

ALISON LANG

Luath foillsichearan earranta
Dùn Èideann
www.luath.co.uk

A' chiad chlò 2018

ISBN: 978-1-912147-48-9

Gach còir glèidhte. Tha còraichean an sgrìobhaiche mar ùghdar fo Achd Chòraichean, Dealbhachaidh agus Stèidh 1988 dearbhte.

Chuidich Comhairle nan Leabhraichean am foillsichear le cosgaisean an leabhair seo.

Chaidh am pàipear a tha air a chleachdadh anns an leabhar seo a dhèanamh ann an dòighean coibhneil dhan àrainneachd, a-mach à coilltean ath-nuadhachail.

Air a chlò-bhualadh 's air a cheangal le Bell & Bain Earr., Glaschu.

Air a chur ann an clò Sabon 11 le Main Point Books, Dùn Èideann.

© Alison Lang 2018

Toiseach an tràghaidh

'CHAN EIL TUIL air nach tig tràghadh,' ars a' chailleach. Bha ràc na h-ugan is chluinneadh glac anns gach anail. Guth neo-bhinn, tioram, aost' a bh' aice, ach ma bha a cuideachd a' faireachdainn mì-chofhurtail ag èisteachd rithe cha tuirt iad smid.

Bha amhaich Thormoid tachasach, ge-tà. Bha e airson casad a dhèanamh, a h-uile pìochanaich a rinn an seann bhoireannach a' cur ris a' mhiann a bh' aige a sgòrnan a chlìoradh, ach nan cluinneadh iad e, nan robh fios aca gun robh e air cùl an dorais, rachadh a chur dhachaigh sa mhionaid le trod is càineadh, agus chluinneadh a mhàthair mu dheidhinn. Dè seòrsa creutair a bh' ann a dhèanadh farchluais? Gille beag mì-mhodhail, donas balaich gun nàire, is màthair aige nach robh air modh no moraltachd sam bith a theagasg dha. Sin na chanadh iad.

Chùm Tormod a bheul dùinte agus dh'èist e. Bha na leadaidhean a' feitheamh air a' chaillich, a bha a' gabhail balgam teatha, is fuaim na teatha air an t-slighe sìos nas miosa na fuaim a h-analach air an t-slighe a-mach.

'Bha am muir aig làn àrd,' thuirt i, 'nuair a dh'fhalbh an dotair an oidhche ud, agus bha fios agam nach maireadh e fad an tràghaidh. Cha robh dad a ghabhadh dèanamh air a shon ach a chumail blàth, agus bha sin doirbh gu leòr. Teis-meadhan a' gheamhraidh is na fàdan mu dheireadh air an losgadh. A' phlaide a rinn Màiri Anna, bha sin agam air leabaidh na cloinne is iad fhèin a' fulang leis an fhuachd, ach leis na bha orra de pheiteanan is de dh'aodaichean eile, bha fios agam nach briseadh e an cadal ac' nan togainn a' phlaide far na leapa.'

Stad i a-rithist airson an teatha a shùghadh às a' chopan aice, agus tron toll bheag san doras chunnaic Tormod làmh Ciorstaidh Bhàin ga sìneadh a-mach airson a' phoit a thogail, na grìogagan air cùl a dùirn gleansach, dearg is ruadh is òr-dhearg, soilleir agus dorcha aig an aon àm. Bha na boireannaich eile a' gluasad cuideachd, tè dhiubh a' cur oirre a geansaidh, tè eile a' toirt nan cromagan beaga meatailt a-mach às a gruaig is gan cur ann a-rithist, a làmhan a' dol timcheall is timcheall, a' cruthachadh ciutha cruinn le comas gun choimhead air. Ach cha do mhair seo ro fhada, agus cho luath 's a bha copan teatha ùr air beulaibh na cailliche bha iad sàmhach a-rithist, a' feitheamh.

'Bidh cuimhne agaibh air a' phlaide ud, is dòcha,' thuirt i. 'Na pìosan clòimhe a bha ro bheag 'son dad eile. Snàithleanan a bha ro ghoirid. Pìosan olainn nach gabhadh snìomh, bha Màiri Anna air an toinneadh le a dà làimh is air am fighe a-steach air dòigh air choreigin. Cha robh i bòidheach. Cha robh pàtran ann, ach ann an dòigh b' e a' bhòidhchead a bha sa phlaide ud gun robh a h-uile òirleach dhith air a thighinn tro chorragan Màiri Anna, is gun robh i air adhbhar a lorg dhan a h-uile criomag bheag nach measadh daoine eile luachmhor.'

Chuala Tormod fuaim bheag ùr, meatailt air glainne, sgrìobadh socair. Chuir e shùil ris an toll a-rithist. Botal uisge-bheatha. Bha a' chailleach ga chur san teatha aice. Cha deach am botal a thabhann do na leadaidhean eile. Bhiodh iad air a dhiùltadh co-dhiù.

'Bha mi air rud beag uisge-bheatha a thoirt don chloinn an oidhche ud, gus an caidleadh iad gu madainn.'

'Uisge-beatha?' Eilidh Mhoireasdan, bha Tormod

a' smaointinn. 'Dè an aois a bha iad?'

'Och, na gabh dragh,' ars a' chailleach. 'Todaidh beag airson am fuachd a chumail air falbh, bhiodh an dotair ga mholadh. Cha d' rinn e cron sam bith orra. No air an tè agaibhse... agus na bi a' coimhead orm mar sin, a Chriosaidh Nighean Alasdair. Is iomadh balgam a ghabh thu fhèin mus do phòs thu, thall 's a-bhos, agus cha chan sinn guth mu dheidhinn na thachair thall. A-nochd co-dhiù.'

Rinn cuid de na boireannaich gàire. Cha do thuig Tormod carson. Bha e airson 's gun leigeadh iad leis a' chaillich a sgeulachd innse, oir bha e fuar agus bha e airson tilleadh dhachaigh far am biodh e blàth, ach bha e fhathast airson èisteachd.

Bha e toilichte nuair a bha iad sàmhach agus bhruidhinn a' chailleach a-rithist.

'Bha e a' tarraing anail fhathast, ged nach b' urrainn dha a shùilean fhosgladh tuilleadh. "A Mharsaili," thuirt e rium, ann an cagar cho sàmhach 's nach do dh'aithnich mi e. Esan a bha fad a bheatha cho beothail is a ghuth cho àrd, ag èigheachd orm bho mhoch gu dubh, a' gairm air a' chù, ri seinn is ri feadaireachd fad an latha, cha robh de dh'anail na chorp 'son dad nas àirde na cagar. "A Mharsaili," thuirt e, "tha mi fuar." Ach nach robh a h-uile plaide a bh' againn air an leabaidh aige mar-thà? A h-uile plaide ach an tè a rinn Màiri Anna, a bha air leabaidh na cloinne.

'Bha fhios agam nach dùisgeadh iad. Bha iad nan cadal mus tàinig an dotair is nan cadal nuair a dh'fhalbh e, agus siud am bodach ag ràdh gun robh e fuar. Cia mheud plaide a bh' agam air? Ceithir, còig is dòcha, agus dà phaidhir stocainnean. Thog mi plaide Màiri Anna far na leapa agus chuir mi an còta agam fhìn thairis orra, an dithis aca nan trom-chadal le chèile, geansaidhean orra, is an t-aodach eile timcheall orra cuide ris an t-seann earrasaid a bh' aig piuthar mo mhàthar. Bha fhios agam gum biodh iad blàth gu leòr. Thog mi a' phlaide is cha do charaich iad idir.

'"Tha mo chasan fuar," thuirt e rium. Chuir mi mo làmh a-steach aig bonn na leapa agus bha iad reòite. Tharraing mi a' phlaide a-nall air a chasan is thuirt mi ris gum biodh e ceart gu leòr.'

Bha fois ann fad mòmaid. Cha do charaich na boireannaich, agus chuala Tormod anail na cailliche, garbh na sgòrnan, ag ullachadh airson leantainn oirre.

'Tha sgeir air a' chladach nach fhaicear ach aig àm an tràghaidh as ìsle,' thuirt i. Chan ann mar seo a bha Tormod an dùil a leanadh an sgeulachd, a bha air a bhith a' dol ann an lùban co-dhiù – rud a dhèanadh na cailleachan gu math tric, a' tilleadh gu àite nas tràithe agus a' dol thairis air an aon rud a-rithist. Chuir an cleas seo dragh air Tormod. Cha robh e a-riamh air gearan a chluinntinn bho na h-inbhich, ach cha robh am balach beag airson barrachd a chluinntinn mun phlaide, no mu sgeirean sa mhuir. Dè mun bhodach san leabaidh is e a' bàsachadh?

Cha robh Tormod an dùil gum maireadh an sgeulachd cho fada ri seo, agus a-nis bha a dhileag aige cuideachd. Ghluais e rud beag, a' feuchainn ri coimhead tron toll a-rithist, ach bha e air a bhith ro fhada na sheasamh far an robh e agus cha robh a chasan ag obair ceart, reòite mar chasan a' bhodaich ud san sgeulachd. Bhreab e an doras gun fhiost' agus chuala e guth Ciorstaidh san t-seòmar a-staigh.

'Dè bha siud?'

'Cò th' ann?' Guth eile nach do dh'aithnich e. ''Eil cuideigin a-muigh an sin?' Agus cuideigin air taobh eile an dorais a' tighinn ga ionnsaigh, ceum air cheum. Trì, ceithir, cha robh mòran cheumannan a dhìth, oir cha robh taigh na cailliche ach beag.

Ach cha do dh'fhuirich Tormod fada gu leòr airson faighinn a-mach cò leis a bha an guth, no na ceumannan, oir ann am mionaid bha e air ruith tron ghàrradh is air leum thairis air a' bhalla. Mus do dh'fhosgail an doras bha e na chrùban san dìg, a' feuchainn ri smachd a chumail air fuaim analach.

A h-aon, a dhà, a trì, suas gu deich, agus chuala e an doras a' dùnadh a-rithist le brag. An robh cuideigin a' tighinn air a thòir? Gu faiceallach, chuir e a cheann suas òirleach no dhà os cionn mullach a' bhalla. Faochadh. Bha e sàbhailte. Agus a-nis dh'fheumadh e a mhùn a dhèanamh.

Geansaidh ùr

BHA MÀTHAIR THORMOID air geansaidh ùr a dhèanamh dha. Geansaidh glas a bh' ann, le muinchillean a bha ro fhada, ach dh'fhàsadh a ghàirdeanan agus cha bhiodh aice ri pìos ùr a chur ris an ceann sia mìosan. Cha robh e a' dol a mhilleadh ceann nam muinchillean le bhith a' cagnadh orra an turas seo. Droch chleachdadh salach a bha siud! Bha i air na riobanan peallagach ud a ghearradh agus na lùban a thogail airson ceithir òirlich ùra mìn fhighe ann an dath nach robh buileach a rèir a' chòrr den gheansaidh, ach dhèanadh iad a' chùis airson mìos no dhà eile, gus an robh Tormod ro àrd agus ro mhòr mu a mheadhan airson a' gheansaidh ud co-dhiù.

B' e a' chailleach a bha siud a thug oirre na pìosan ùra a chur ris an t-seann gheansaidh. An tè ud a mhothaich do staid Thormoid san eaglais agus a thuirt ris a' chaillich eile cho robach 's a bha an gille òg ud agus dè idir a bha fa-near do a mhàthair ga leigeil ma sgaoil mar sin airson cluich air a' chladach, gun ghuth a ràdh air leithid a dh'aodach a bhith air ann an àite spaideil mar an sgoil no an eaglais.

Air a dubh-nàrachadh, bha Peigi air an seann gheansaidh a chur ceart an latha a bha siud, a' fighe tron fheasgar agus tron oidhche gus am biodh cinn-mhuinchill geansaidh Thormoid freagarrach mus deigheadh e dhan sgoil madainn Diluain. A' fighe air an t-Sàbaid! Bhiodh

leadaidhean spaideil na h-eaglaise air an uabhasachdh.
Agus air an Diluain sin fhèin cheannaich i an snàth glas
agus thòisich i air a' gheansaidh ùr.

'Tha e ro mhòr,' thuirt e, a' tionndadh agus
a' coimhead air fhèin san sgàthan.

'Chan eil e,' thuirt a mhàthair, a' pasgadh nam
muinchillean air ais, agus air ais a-rithist. 'Uill, is dòcha
gu bheil e rud beag ro mhòr, ach tha thu a' sìor fhàs.'

'Tha e glas, ge-tà,' thuirt am balach beag.

'Agus dè an dath a b' fheàrr leat?'

'Chan eil fhios a'm. Tha geansaidh dearg aig Morna.'

'Nighean a th' innte, ge-tà,' thuirt i.

'Agus?'

'Agus… uill, chan fhaca mi a-riamh balach beag
a' cosg geansaidh dearg.' Ach bha teagamh na guth agus
chuala Tormod gun robh.

'Tha geansaidh ruadh aig Ruairidh,' thuirt Tormod.
'Cha mhòr nach eil sin dearg.'

'Uill… cha do smaoinich mi a-riamh air sin, ach tha
thu ceart. Tha dearg agus ruadh faisg air a chèile. 'Eil
thu 'g iarraidh geansaidh ruadh an ath thuras?'

'Chan eil fhios agam.'

Cha robh Tormod a' coimhead san sgàthan tuilleadh.
Bha inntinn ann an àit' eile.

'Am faod mi a dhol a chèilidh air Ruairidh?'

'Faodaidh, mura h-eil e ro thrang,' ars a mhàthair.
'Ach chan eil mi ag iarraidh gum bi thu a' cur dragh air
ma tha obair aige ri dhèanamh.'

'Cha chuir.' Agus le sin bha Tormod a' dèanamh air
an doras.

'Hoidh, 'ille!' dh'èigh i. 'Ma tha thu a' dol a shealltainn
air Ruairidh tha thu a' cur ort an t-seann gheansaidh mus
falbh thu. Is ann airson na sgoile a tha am fear ùr seo.'

Sa mhionaid bha an geansaidh ùr na laighe air an làr

agus bha Tormod air ruith air falbh, a' cur air an t-seann gheansaidh air an t-slighe.

'Thig air ais airson do dhinnearach!' dh'èigh i bhon doras, agus smèid Tormod rithe is e a' dol à sealladh. Thog i an geansaidh ùr far an làir agus choimhead i le moit air obair a dà làimh. Cha chanadh cailleachan na h-eaglaise nach robh a mac spaideil gu leòr. Ged a bhiodh i ri fighe fad na h-oidhche agus a fradharc ga mhilleadh, dhèanadh i cinnteach gum biodh aodach ceart aige.

San t-seada

BHA SEADA RUAIRIDH mar àite mhìorbhailean do Thormod, agus chan ann a-mhàin air sàilleabh 's gun robh e làn innealan is uidheamachd is pìosan fiodha is meatailt is seann rèidiothan is lanntairean, agus fàileadh duslach is ola air feadh an àite, ach air sàilleabh Ruairidh fhèin, a bhiodh na shuidhe sa mheadhan, far am b' urrainn dha a làmh a chur sa mhionaid air rud sam bith a bha e ag iarraidh. Rudan annasach. Uaireannan rudan eagalach. Claigeann luchaig, mar eisimpleir, a bha cho beag is tana 's gum b' urrainn don chreutair – nuair a bha e fhathast beò – a cheann is a bhodhaig a chur tro tholl cho beag ri peansail. Agus an crochadh air dubhan àrd bha claigeann eich, air an robh coltas eagalach, le toll mòr na shròin agus fiaclan gràbda.

Ann an taighean-tasgaidh sna bailtean mòra, bha Ruairidh air innse dha, chitheadh tu cnàmhan chreutairean nas motha a-rithist, mar ailbhein is mamot-aichean, agus dìneasaran cuideachd, an cnàimhnich air an cur ri chèile le uèirichean, gan taisbeanadh ann an tallaichean àrda a dh'fheumadh ailtirean a thogail a dh'aona-ghnothach, oir bha na h-uilebheistean ud, cuid aca co-dhiù, nas àirde na eaglais. Cha robh Tormod beag air a leithid fhaicinn ach ann an leabhraichean.

'Nach cuireadh e eagal ort,' dh'fhaighnich Ruairidh, 'a bhith a' faicinn dìneasar?'

Cha robh Tormod airson aideachadh, ach bha

claigeann an eich a' cur barrachd eagail air na ìomhaigh sam bith a bh' aige na cheann de na dìneasaran. Bha an rud seo, a bha Ruairidh a' làimhseachadh an-dràsta, air a bhith air taobh a-staigh craiceann an eich. Bha na fiaclan salach, agus aocoltach ris na h-eich a bh' aig Donaidh Ailean, air an robh bilean mòra boga a bha blàth nuair a bha thu gan slìobadh, cha robh aig a' chlaigeann ach beàrn falamh uabhasach. Nam biodh ubhal aige, no curran, agus fios aige gum biodh iad a' dol seachad air achadh Dhonaidh Ailein, bhiodh e gam biathadh ged a bha beagan feagail air gun rachadh a bhìdeadh, na fiaclan aca a' gluasad agus an anail aca a' sèideadh air a làmhan, agus bhiodh e a' feuchainn gun a bhith a' smaoineachadh air coltas cnàmhach nan each fon chraiceann àlainn aca.

Bha sgeulachdan annasach aig Ruairidh mu dheidhinn a h-uile rud a bh' aige san t-seada ud, agus eòlas practaigeach is fiosrachadh aige nach robh aig na tidsearan-sgoile. Bha e air innse do Thormod, aon latha nuair a bha an dithis aca a' toirt ùbhlan is currain do dh'eich Dhonaidh Ailein, mar a ghabhas aois eich a thomhas le bhith a' coimhead air fhiaclan. Bha na creutairean mòra macanta a' leigeil le Ruairidh am bilean fhosgladh airson sealltainn don bhalach bheag mar a bha na loidhnichean dorcha a' fàs leis an aois, a' dearbhadh gun robh an làir na b' òige na an gearran. Chuir e iongnadh air Tormod gun robh iad cho ciùin. Cha robh e fhèin ro thoilichte nuair a bhiodh a mhàthair a' trod ris mu bhith a' glanadh fhiaclan. Thug Ruairidh an curran mu dheireadh do Thormod fhèin, gus am biodh fhiaclan fhèin làidir, agus a fhradharc math air an oidhche.

Ach an-diugh cha robh iad a' dol a choimhead air eich Dhonaidh Ailein, oir bha Ruairidh air sreath de shaighdearan beaga luaidhe a chur air a' bheing, agus sreath de bhruisean tana agus poitean beaga peanta.

'Saighdearan!' Ghabh Tormod grèim air fear dhiubh. Bha e nas lugha na dà òirleach a dh'àirde, glas is uaine is a' cur feum air peantadh às ùr. 'Cha robh fios agam gun robh saighdearan mar seo agaibh.'

'Tha a h-uile rud agam san t-seada seo,' arsa Ruairidh. 'Bha fios agad air sin, nach robh?'

A h-uile rud? A h-uile rud fon ghrèin? Is dòcha gun robh. Bha rudan ùra ann a h-uile turas a thigeadh Tormod a chèilidh air, is bha bogsaichean is dràthraichean làn stuth nach fhaca e fhathast.

Is e obair mhionaideach a bh' ann, a' peantadh nan saighdearan, agus dh'fheumadh tu a bhith faiceallach. Bha na sreathan shaighdearan a' feitheamh air a' bheing, chan ann airson òrdughan-cogaidh ach airson pàipear-gainmhich is peanta glas is an uair sin airson nan dathan iomchaidh a rèir nan cogaidhean san robh iad gu bhith a' sabaid – saighdearan-dearga bhon ochdamh is an naoidheamh linn deug, is saighdearan an fhicheadaimh linn ann an èideadh khaki, fear aca le gunna na làimh, fear eile a' cosg fèileadh-beag, feadhainn nan seasamh is feadhainn nan crùban. Air a' chiad sealladh bha iad uile coltach ri chèile, ach nuair a choimhead Tormod orra a-rithist bha gach fear dhiubh eadar-dhealaichte.

'Nuair a tha iad air am peantadh,' thuirt Ruairidh, 'cuiridh sinn air blàr a' chogaidh iad.'

'Càite?'

'Am broinn an taighe, saoilidh mi,' ars am bodach. 'Air an làr san t-seòmar-suidhe. Bidh rùm gu leòr ann dhaibh an sin, ma cheadaicheas Thomasina sin dhuinn.'

B' e Thomasina cat Ruairidh. Bhiodh e a' bruidhinn mu a deidhinn mar a bhiodh daoine eile a' bruidhinn mun teaghlach aca. Cha robh Tormod den bharail gun robh e an urra ri Thomasina cead a thoirt do Ruairidh a bhith a' cluich le saighdearan san taigh aige fhèin. Air an làimh eile, bhiodh i comasach air modail a' bhlàir a sgrios nan robh i a' smaoineachadh gum biodh e nas spòrsaile a bhith a' roiligeadh mun cuairt ann am meadhan an làir.

Cha bhiodh na figearan beaga deiseil an-diugh, ge-tà. Cha robh am peanta fhathast tioram.

Bha Tormod mì-fhoighidneach. Bha e ag iarraidh geama shaighdearan a dhèanamh leis na figearan beaga seo gun dàil, oir bha iad tòrr nas fheàrr na an fheadhainn phlastaig a bh' aige fhèin aig an taigh, a bha aotrom is nach seasadh ceart, cuid aca, bho dh'fhàg e iad air an rèididheatar an-uiridh. Ach bha Ruairidh airson a dhèanamh ceart. Peantadh an toiseach, agus an uair sin cluich. Bha leabhraichean eachdraidh aige anns an taigh, thuirt e, a bha a' sealltainn ceum air cheum dè thachair aig Cùil Lodair is Waterloo is Rorke's Drift. Bhiodh e duilich am fear mu dheireadh sin fhaighinn ceart, ge-tà, oir cha robh figearan Zulu aca, agus cha robh Ruairidh cinnteach an gabhadh a leithid a cheannach. Ach is dòcha gun innseadh e an sgeulachd do Thormod beag co-dhiù, mun Rìgh Cetshwayo a' sabaid an aghaidh arm Bhreatainn, mar a rinn iomadh cinneadh eile thairis air na linntean, na cinnidhean Gàidhealach nam measg.

Uaireannan bhiodh Ruairidh a' faighneachd den bhalach bheag dè bha iad ag ionnsachadh sna leasanan eachdraidh aca san sgoil, ach bha e coltach gun robh iad fhathast ro òg airson nan sgeulachdan san robh fìor-ùidh aig Ruairidh, agus bha e air tòiseachadh air sgeulachd no dhà mun rìgh a bha seo no an riaghaltas a bha siud agus air mothachadh nach robh làn-aire Thormoid air na bha e ag innse dha. Is dòcha gun robh cogadh agus poilitigs nan cuspairean caran eagalach do bhun-sgoilearan, agus gun gabhadh ceistean moralta na h-ìompaireachd fhàgail airson bliadhna no dhà fhathast. Ach air an làimh eile, bhiodh iad ag ionnsachadh mu na Ròmanaich agus na Lochlannaich, agus chan fhaigheadh tu sgeulachdan nas brùideile na sin mu dheidhinn ionnsaighean is ruagadh is creachadh.

An-dràsta, ge-tà, bha e a' còrdadh ri Tormod a bhith a' peantadh nan saighdearan-dearga, a' cleachdadh na bruise gu faiceallach airson crois gheal a chur tarsainn air broilleach an fhir bhig luaidhe.

'Fàg an-dràsta e gus am bi e tioram,' thuirt Ruairidh.

'Ceart,' ars am balach. 'Chan eil mi airson a chòta a mhilleadh. Nì mi a chasan a-màireach.'

Choimhead Tormod air na ceithir figearan a bha e air a pheantadh. No pìosan dhiubh, co-dhiù. Cha do rinn e crois gheal ach air fear de na saighdearan-dearga, is cha robh e air na làmhan, na h-aodannan no na bòtannan aca a pheantadh. Bha an casan uile fhathast glas, is bho na glùinean suas bha am peanta fliuch a' deàlradh. Dithis shaighdearan-dearga, dithis ann an khaki. Cha robh e cinnteach mun fhear san fhèileadh. Ciamar a bha e a' dol a pheantadh an tartain?

'Lovat Scouts, an e, am fear ud?' dh'fhaighnich Ruairidh.

Cha robh Tormod air an t-ainm sin a chluinntinn a-riamh. Bha Scouts aca san sgoil, ged nach robh e fhèin a' dol ann. Na balaich a bha sna Scouts, bha iad nas aosta na esan. Bha bràthair Morna, an tè a bhiodh na suidhe ri thaobh sa chlas, a' dol gu Scouts. Cha robh e cinnteach an e an aon rud a bh' ann is cha robh e airson faighneachd air eagal 's gum biodh coltas air gun robh e aineolach.

Ach cha leigeadh e a leas innse do Ruairidh gun robh e aineolach, oir bha Ruairidh a' dol a dh'innse dha cò bha sna Lovat Scouts co-dhiù, air an t-slighe a-mach às an t-seada agus a-steach dhan taigh, far an gabhadh iad teatha is briosgaidean agus far am biodh Thomasina na laighe sa chidsin mar bhrat-ùrlair ri taobh an Rayburn.

'Aig toiseach an linne seo,' thòisich Ruairidh, 'bha am fear a bha seo, Sìm an t-ainm a bh' air. Duin'-uasal a bh' ann, agus saighdear...'

Dh'ith Tormod a bhriosgaid agus dh'èist e. Agus chuimhnich e air rudeigin a bha Ruairidh air innse dha uair – gun robh diofar eadar a bhith aineolach agus a bhith gòrach. Nan robh thu aineolach, ghabhadh a leasachadh le bhith ag ionnsachadh. Ach nan robh thu gòrach, cha robh mòran a ghabhadh dèanamh mu dheidhinn.

Ghabh e briosgaid eile. Cha robh esan gòrach.

Trì cheud, trì fichead 's a sia

AN OIDHCHE UD san leabaidh, smaoinich Tormod mu na saighdearan beaga air a' bheing ann an seada Ruairidh, agus chuimhnich e gun robh e air a bhith fa-near dha a bhith a' faighneachd den bhodach an robh e fhèin a-riamh na shaighdear, agus gun do dhìochuimhnich e a' cheist sin a chur air a chionn 's gun robh e ro thrang ag èisteachd ris an sgeulachd aige. Is dòcha, smaoinich Tormod, gu bheil mi rud beag gòrach.

Bha a mhàthair air sgeulachd eile innse dha, a-mach à leabhar san robh, a rèir a' chòmhdaich, 365 sgeulachdan. Ach b' e fìrinn na cùise gun robh 366 dhiubh ann, oir a h-uile ceithir bliadhna bha latha a bharrachd aig deireadh a' Ghearrain. Cha robh seo buileach onarach ann am beachd Thormoid. Ann an dòigh bha e a' tuigsinn carson a thagh iad '365' airson an tiotail, oir nan robh iad air '366' a sgrìobhadh bhiodh daoine den bharail gun robh sin caran neònach, no gur e mearachd a bh' ann. Ach dh'fhaodadh iad sin a chur fon tiotal ann an litrichean beaga, airson mìneachadh don leughadair, agus don neach a bha sa bhùth a' coimhead air an leabhar seo air an sgeilp, gun robh fios aca cia mheud latha a tha ann am bliadhna ach nach robh iad air an naoidheamh latha air fhichead den Ghearran a chur an dìochuimhn' nas motha. Dhèanadh sin a' chùis. Bheireadh sin fiosrachadh gu leòr don a h-uile duine, gun a bhith a' nochdadh aineolas air taobh seach taobh.

San fharsaingeachd, shaoil Tormod nach robh fiosrachadh gu leòr ann – ann an leabhraichean, anns an sgoil, aig a mhàthair, no fiù 's aig Ruairidh. No is dòcha gun robh fiosrachadh aca ach nach robh iad deònach a thoirt seachad, a chionn 's gun robh iad den bharail gun robh e ro òg airson cuid a dh'fhiosrachadh a chluinntinn.

Agus is ann air a' cheist seo – agus chan ann idir air sgeulachd ceud 's a trì-deug, mu dheidhinn piseag bheag gheal a dhìrich craobh is nach robh comasach air a thighinn a-nuas a-rithist – a bha Tormod a' meòrachadh nuair a thuit e na chadal mu dheireadh thall.

Am prasgan

'MAR PHEANAS,' BHA Ruairidh air innse dha, 'bhiodh an rìgh a' cur nan daoine a bha na aghaidh dhan phrìosan, no bhiodh e gan cur thar nan cuantan nam fògarraich, gun chead a bhith a' tilleadh dhan rìoghachd aige cho fada 's a bha iad beò. No cho fada 's a bha esan beò. Oir thachair e turas no dhà gun do chaochail an seann rìgh agus gun tàinig rìgh no banrigh eile na àite a thug mathanas do na fògarraich agus cuireadh dhaibh tilleadh gu dùthaich an àraich.

'Cuimhnich, 'ille, gun robh an dùthaich seo aig aon àm – agus gu dearbh aig diofar amannan tro na linntean – air a sgaradh le eas-aonta san eaglais, na Pròstanaich an aghaidh nan Caitligeach, na diofar sheòrsaichean Phròstanach an aghaidh a chèile. Fo na diofar rìghrean bhiodh feagal air na sagairtean gun rachadh an losgadh ann an teine mòr, is an uair sin bhiodh feagal air na ministearan radaigeach gun rachadh an cur dhan phrìosan, no an cumail mar thràillean air bìrlinn far nach biodh roghainn eile aca ach a bhith a' tarraing air ràmh mòr fad an latha, ag iomradh ri chèile fo smachd fear-faire le cuip na làimh. Agus fhad 's a bha na h-easbaigean agus na morairean san riaghaltas a' sabaid le chèile bhiodh an aon Dia dhan robh iad uile a' toirt adhradh a' coimhead sìos air an ùpraid aca agus cò aig a tha fios dè bha esan a' smaoineachadh mu dheidhinn. Aig Dia fhèin a-mhàin a bha fios, tha mi an dùil.

'Ach tha mi a' dol far slighe na sgeulachd. Bha mi a' feuchainn ri ràdh gun robh e cumanta aig aon àm a bhith a' cur dhaoine thar nan cuantan, agus gum b' ann glè ainneamh a thilleadh iad. Na h-argamaidean san eaglais, sin agad sgeulachd fhada airson latha eile.

'Mar pheanas airson iomadh eucoir eile, cuideachd, rachadh cuid a dhaoine a chur gu na coloinidhean. Anns na seann làithean a bha seo, ach chithear a dhìleab fhathast. Cuid aca, cha robh iad air mòran a dhèanamh ceàrr. A' goid lofa, mar eisimpleir, agus bhiodh iad air long a' dèanamh air Astràilia. Smaoinich, nan robh sinn fhathast a' dèanamh a leithid.

'Ach am fear a bha seo, chan eil fhios agam an do ghoid e lofa no lèine no leabhar no dad eile na bheatha, ach chan ann air gin de na h-adhbharan sin a chaidh esan thar nan cuantan. An rud a rinn e, b' e gun deach e dhan taigh-òsta agus dh'òl e fada cus, eadar leann is uisge-beatha is ruma, agus feumaidh gun robh e fo bhuaidh na dibhe, oir thàinig am mèirleach a bha seo agus ghoid e a sporan a-mach às a phòcaid agus cha tug an duine seo an aire. Nach e a bha gòrach!'

'An robh e gòrach, no an robh e aineolach?' dh'fhaighnich Tormod dheth.

'Chanainn gun robh e gòrach,' fhreagair Ruairidh. Bha e eòlach air cleasan a' bhaile ud, oir bha e air a bhith a' fuireach ann fad a bheatha, is bha deagh fhios aige gun robh cunnart ann am baile sam bith a bha na phort, oir bhiodh eucoirich a' tighinn a-steach dhan acarsaid air na bàtaichean mòra agus eucoirich eile a' teicheadh às an dùthaich air na h-aon bhàtaichean air an ath sheòl-mara. Cha robh e aineolach. Bha e gòrach.'

'Dè an t-ainm a bh' air?'

'Uill, dè an t-ainm a tha thu airson a thoirt air?'

Smaoinich Tormod mu dheidhinn.

'An e fìor-sgeul a th' ann?'

'Ò, 's e, a Thormoid. Tha e cho fìor 's a ghabhas,' fhreagair am bodach.

'Chan urrainn dhomh ainm a dhèanamh an-àird, ma-tà,' ars am balach beag.

'Is urrainn. Cha bhi nas lugha de dh'fhìrinn san sgeulachd a chionn 's gu bheil ainm diofraichte air an duine seo san tionndadh againne na bha air nuair a bha e beò. Is e an aon sgeulachd a bhios ann.'

Cha robh Tormod cinnteach.

'Dè mu dheidhinn Iain?' dh'fhaighnich Ruairidh. 'Deagh ainm a tha sin airson gaisgeach ann an sgeulachd sam bith.'

'Ach dè an t-ainm a bh' air? Mas e fìor-sgeul a th' ann feumaidh gu bheil fios agaibh dè a bh' ann.'

'Uill, is e an rud a th' ann, a Thormoid, mar as aosta a dh'fhàsas mi is ann as lugha air an cùm mi cuimhne. Ainmean, deitichean co-là-breith, càit an do dh'fhàg mi na h-iuchraichean agam… tha na rudan sin a' dol às mo chuimhne. Ged a tha a h-uile rud eile san sgeulachd seo nam inntinn, chan urrainn dhomh smaoineachadh dè an t-ainm a bh' air an duine seo. Cha tig an aois leatha fhèin.'

Bha Tormod air seo a chluinntinn turas no dhà, nach tigeadh an aois leatha fhèin. Leisgeul a bh' ann, ge-tà, agus bha e cinnteach gun robh deagh fhios aig Ruairidh dè an t-ainm a bh' air an duine seo san sgeulachd, ged nach robh e cinnteach carson nach innseadh e dha.

'Iain, ma-tà,' thuirt e. 'Nì Iain a' chùis.'

'Glè mhath,' thuirt Ruairidh, a' leantainn leis an sgeulachd. 'Uill, thàinig Iain a-mach às an taigh-òsta an oidhche ud agus chunnaic e nach robh a sporan aige tuilleadh. Thill e dhan taigh-òsta agus bhuail e air an doras, an dòchas gun leigeadh iad a-steach e gus am b' urrainn dha coimhead air an làr fon bhòrd is air cùl a' chunntair air eagal 's gun robh e fhathast ann, ged a bha fios aige na chridhe gun robh fìor dhroch theans gum faiceadh e an sporan ud a-rithist cho fada 's a bhiodh e beò.

'Ach bha muinntir an taigh-òsta air an doras a dhùnadh agus a ghlasadh, agus mar sin thòisich Iain ag èigheachd air na daoine sna seòmraichean shuas, ag iarraidh orra a thighinn a-nuas is na dorsan fhosgladh dha, ach cha tigeadh iad. Dh'fhosgail cuideigin an uinneag agus thuirt iad ris, ann an cainnt cho mì-mhodhail nach fhaod mi fhìn na facail aca a chleachd-adh, gun robh iad a' dol a dhòrtadh pana uisge air mura biodh e sàmhach. Agus mar sin dh'fhalbh Iain is e a' cur mallachd an dà chuid air a' mhèirleach, ge bith cò bh' ann, agus air muinntir an taigh-òsta.

'Choisich Iain bochd tro na sràidean, caran cugallach leis na bha na bhroinn, a' meòrachadh air dè bu chòir dha a dhèanamh. Bha taobh glic inntinn ag innse dha gum bu chòir dha dhol dhachaigh sa mhionaid. Fichead mionaid a' coiseachd agus bhiodh e ann, agus bhiodh an eacarsaich math dha, agus ged nach biodh a bhean uabhasach toilichte cluinntinn gun robh e air a sporan a chall, agus ged a bhiodh i a' trod ris, bhiodh e blàth agus cofhurtail na leabaidh fhèin an taobh a-staigh uair a thìde. Ach bha taobh gòrach inntinn ag innse dha gun robh fichead mionaid mar shìorraidheachd san staid san robh e, agus nach dèanadh e cron sam bith suidhe sìos airson greiseag agus fois a ghabhail. Agus dè an taobh a tha thu a' smaoineachadh a fhuair làmh-an-uachdair?'

Cha leigeadh e a leas a ràdh, oir bha Tormod air gu leòr de sgeulachdan a chluinntinn 's gun robh fios aige nach deach Iain dhachaigh sa mhionaid.

'Uill, an ath rud dhan do mhothaich Iain, bha a cheann a' dol dum-dum-dum thairis air clachan-càsaidh na sràide is bha cuideigin ga shlaodadh air falbh le a chasan. Dh'fhosgail e a shùilean agus dh'èigh e, ach cha do chuir sin stad air na daoine a bha ga tharraing tro na sràidean. Dithis fhireannach mòra, cas an urra aca. Bha a chòta agus a lèine air an trusadh an-àird fo achlais agus bha na clachan fliuch is cruaidh fo a dhruim. Dh'èigh e agus dh'èigh e ach cha robh e gu feum sam bith. Cha do stad na fireannaich idir, ach thuirt fear dhiubh ris an fhear eile, "Tha e beò, co-dhiù." Agus thuirt am fear eile, "Is math gu bheil." Agus chùm iad a' dol, ga shlaodadh chun na h-acarsaid far an deach a phutadh air bòrd long mhòr agus a shadail tro tholl ann am meadhan na deic.

'Cha robh Iain a-riamh air a bhith air bòrd bàta, ged a bha e a' fuireach ann am baile san robh acarsaid mhòr agus iomadh bàta a' tighinn is a' falbh. Rinn e oidhirp seasamh ach thuit e a-rithist, agus dh'fhairich e gun robh a lèine fliuch chan ann a-mhàin le salchar nan sràidean ach le rudeigin blàth – boinneagan fala a' sruthadh às a dhruim far an robh na clachan air a chraiceann a sgròbadh, agus cha robh e cinnteach an robh e dha-rìribh beò no an robh e air bàsachadh agus gur e peanas bith-bhuan a bha e a' fulang.

'Dh'fhàs a shùilean cleachdte ris an dorchadas agus chunnaic e nach robh e na aonar. Bha daoine eile ann còmhla ris, daoine òga mar e fhèin, a' chuid as motha dhiubh nan laighe gun mhothachadh air an làr is cuid aca le gnùstan is gnòthanan mar bhiastan, agus thàinig e a-steach air dè bha air èirigh dha. Cho furasta 's a bha e don mhèirleach a bha siud a sporan a ghoid air, bha e air a bhith a cheart cho furasta don phrasgan Iain fhèin a ghoid, anam is colann, airson a bhith na thràill sa Chabhlach Rìoghail. Bho chionn uair a thìde bha roghainn air a bhith aige – a dhol dhachaigh sa mhionaid no suidhe sìos airson greiseag. A-nis cha robh roghainn sam bith aige.'

Fuaimean na h-oidhche

NUAIR A DHÙISG e bha e fhathast dorcha. Smaoinich e air an sgeulachd ud a bh' aig Ruairidh mu dheidhinn Iain – mas e Iain an t-ainm a bha air an duine ud – a chaidh a thogail far na sràide air an oidhche leis na daoine ud is a chur air bòrd na luinge a bhiodh a' seòladh gun dàil gu Jamaica no gu Zanzibar, agus a bhean aig an taigh a' gabhail iongnadh càit an robh e agus carson nach do thill e dhachaigh bhon taigh-òsta.

Dhùin Tormod a shùilean a-rithist airson mionaid no dhà agus dh'èist e ri diog, diog, diog a' ghleoca ri taobh na leapa, agus an uair sin ri anail fhèin a' tighinn a-steach agus a' dol a-mach, a' tighinn a-steach agus a' dol a-mach, a-steach is a-mach, a-steach is a-mach. Mar as motha a dh'èist e ri anail is ann as lugha a chuala e an gleoc. Mar am fòcas air camara, b' urrainn dha aire a chumail air fuaim fad às no fuaim faisg air làimh.

Bha camarathan aig Ruairidh. Seann chamarathan nach cleachdadh duine an-diugh, agus roth beag air a' mhullach a ghabhadh tionndadh airson fòcas a chur faisg no fada. Dh'fheumadh tu a bhith faiceallach. Ro fhada agus chailleadh tu am fòcas a-rithist. B' urrainn do Thormod cuimhneachadh air an fhaireachdainn, na fiaclan beaga meatailt air oir an rotha air a chorraig, a h-uile rud san t-saoghal aige sa mhòmaid sin an crochadh air gluasad beag bìodach gu deas no gu clì, gus an robh am fòcas ceart mu dheireadh thall. Agus an uair sin bha agad ri putan a phutadh, ach nuair a choimhead e a-rithist bha e air am fòcas a chall. Abair gun robh na camarathan ud a bh' aca sna seann làithean gun fheum. Nach robh camarathan nas fheàrr rim faighinn san latha an-diugh?

'Is dòcha,' dh'aidich Ruairidh. 'Ach nach eil e spòrsail a bhith ga dhèanamh mar seo?'

Cha robh Tormod den bharail gun robh.

An oidhche ud, a' smaoineachadh air a' chamara agus a' tionndadh 'fòcas' a chluasan bhon ghleoc gu anail, agus an uair sin gu fuaim a chorragan air an lìon-anairt, dh'fheuch e ri chlaisneachd a shìneadh nas fhaide air falbh. Taobh a-muigh na h-uinneige, oiteag gaoithe. Am badeigin san lobht, sileadh socair uisge às an tanca. Anns an t-seòmar-suidhe, an rèidio fhathast air.

Thug e sùil air a' ghleoc. Trì uairean sa mhadainn. Cha bu chòir do a mhàthair a bhith air a cois aig trì uairean sa mhadainn.

Dh'èist e a-rithist. An rèidio gun teagamh.

Dh'èirich am balach beag agus chuir e air an solas beag ri taobh na leapa. Bha e air aon stocainn a chall sna plaideachan agus chuir e a làmhan a-steach airson a lorg, oir bha e fuar is cha robh e airson a chasan lom' a chur air na taidhlean shìos san trannsa. Cha robh e airson na brògan-boga fealt a chur air, ge-tà, oir bha iad ro bheag dha a-nis. Cha robh e air seo innse do a mhàthair, oir bha i air tòrr gearain a dhèanamh nuair a dh'fhàs e ro mhòr airson a bhrògan-sgoile. Cha b' e a choire-san a bh' ann gun robh e a' sìor fhàs, ach cha robh e ag iarraidh gum biodh i a' gearan a-rithist, agus dhèanadh e a' chùis san taigh às aonais nam brògan-boga.

Chuir e air an solas mòr agus dh'fhosgail e an doras. Bha solas gu leòr aige airson a shlighe a dhèanamh sìos an staidhre, oir bha doras an t-seòmair-suidhe fosgailte cuideachd. Mu letheach slighe sìos, b' urrainn dha sèithear a mhàthar fhaicinn, agus cùl a cinn. Cha b' e an rèidio a bh' ann ach tèip – cuideigin a' seinn le giotàr mu bhith a' siubhal thar a' phrèiridh agus a' tighinn dhachaigh a dh'fhaicinn nighean bhòidheach.

Na sheasamh aig an doras, dh'èist Tormod ris an òran airson greiseag. Bha e an impis a dhol a-steach a dh'faighneachd dhi carson nach robh i na leabaidh nuair a chuala e osna. Bha a mhàthair a' gal, is bha Tormod eadar dà bharail. Air an dàrna làimh bha e airson cofhurtachd a thoirt dhi, airson innse dhi nach robh adhbhar aice a bhith a' gal, mar a dhèanadh ise nuair a bha e air tuiteam no air a chorrag a ghearradh, ach air an làimh eile cha robh e cinnteach am bu chòir dha nochdadh gun robh e air a cluinntinn. Cha robh i air fhaicinn agus bha a cùl fhathast ris agus guthan a' chòmhlain àrd gu leòr 's nach cluinneadh i e a' dìreadh na staidhre a-rithist.

Dh'èist e. Ospag eile, is snòtaraich, agus làmh a mhàthar a' cur nèapaigin-pàipeir sìos air a' bhòrd bheag ri taobh a sèitheir, far an robh cnap dhiubh mar-thà, agus a' tarraing fear ùr às a' bhogsa.

Thionndaidh Tormod agus rinn e air an staidhre. Stad e letheach slighe suas agus choimhead e a-rithist. Bha òran ùr air tòiseachadh, mu dheidhinn seann bhoireannach aig nach robh airgead sam bith, is i a' cuimhneachadh air na rudan spòrsail a rinn i nuair a bha i òg. Cha robh a mhàthair air fhaicinn.

A' coimhead air a' ghleoc, chunnaic e gun robh e deich mionaidean às dèidh trì. Diog, diog, diog. Bha làmhan a' ghleoca solasach, geal-uaine san dorchadas. Bha e cinnteach nach caidleadh e a-rithist. Cairteal às dèidh trì. Diog, diog, diog. Fichead mionaid. Diog, diog.

Cha robh e a' dol a chadal… diog, diog. Bha e dìreach a' dol a dhùnadh a shùilean agus èisteachd… diog, diog, diog.

Agus mun cuairt a' bhalaich bhig chùm na fuaimean beaga a' dol san dorchadas. Gu madainn.

'A Thormoid!' Guth a mhàthar ag èigheachd air. 'Dùisg, 'ille. Tha e leth-uair às dèidh seachd. Chan eil thu ag iarraidh a bhith fadalach a' dol dhan sgoil a-rithist.'

Brù-dhearg

IS E BRÙ-DHEARG am far-ainm a bh' aig na sgoilearan air Miss Robinson. An-uiridh bha Mgr Robertson a' teagasg clas a còig agus bha Miss Robinson a' teagasg clas a sia, agus bhiodh a h-uile duine a' measgachadh nan ainmean aca. Robert. Robin. Bha iad eadar-dhealaichte. Carson a bha sin cho duilich? Ach nuair a thàinig Miss Robinson dhan sgoil aon latha a' cosg geansaidh dearg fo sheacaid dhonn, thuirt cuideigin – agus a-nis cha b' urrainn do dhuine sam bith cuimhneachadh cò bh' ann – gun robh i coltach ri brù-dhearg agus bhon uair sin bha a h-uile duine air a h-ainm fhaighinn ceart.

Bha Mgr Robertson air obair ùr fhaighinn ann an sgoil eile, agus mar sin cha robh ainm eile faisg air Robinson a bhiodh a' farpais leis, ach chùm iad ri Brù-dhearg co-dhiù. Cha robh càil a dh'fhios aig Miss Robinson fhèin.

Bodach gruamach a bh' ann am Mgr Robertson, a bha air feagal a chur air Tormod beag, ged nach robh e a-riamh air a bhith sa chlas aige, oir bha cliù aige mar thidsear cruaidh a bhiodh a' trod riut nam biodh tu a' coimhead a-mach air an uinneig no nan rachadh an sgrìobhadh agad fon loidhne. Bha Tormod taingeil gun robh Miss Robinson a' teagasg clas a ceithir, an clas aigesan, am-bliadhna. Bha i coibhneil is foighidneach agus chanadh i gun robh thu air oidhirp mhath a dhèanamh, ged nach biodh an rud a rinn thu buileach ceart aig a' cheann thall.

'Seall dhomh mar a rinn thu e,' chanadh i, nan robh iad a' cur àireamhan ri chèile, 'agus mar sin ged a nì thu mearachd leis an t-sùim aig an deireadh bidh e follaiseach dhomh gun robh thu air an t-slighe cheart.'

No nan robh iad a' sgrìobhadh sgeulachdan, uaireannan cha robh fios aig Tormod dè a' chrìoch a chuireadh e air an sgeulachd aige. Bhiodh e a' tòiseachadh le amas mòr a bhith a' toirt a-steach phrionnsaichean is dhìneasaran agus shaighdearan agus rudan a bha e air a leughadh ann an leabhraichean, ach bhiodh e a' ruith a-mach à tìde. Ach bhiodh Miss Robinson ag ràdh nach robh e gu cus diofar, oir b' urrainn dha leantainn leis an sgeulachd an ath latha agus gun robh a mhac-meanmna cho beothail nach biodh càil a dhìth air a thaobh chrìochan-stòiridh. Gu math tric, ge-tà, bhiodh Tormod air fàs sgìth den sgeulachd an ath latha, agus b' fheàrr leis tè ùr a thòiseachadh, agus cheadaich Miss Robinson sin cuideachd.

'Is toil leam an geansaidh ùr agad, a Thormoid,' thuirt i ris an latha a bha seo. 'An do rinn do Mhamaidh sin dhut?'

'Is i a rinn,' fhreagair Tormod, is bha e moiteil às a mhàthair airson a' chiad uair, oir thuige seo cha robh e air sùim a ghabhail den oidhirp a rinn i, ach a-nis bha e a' smaoineachadh air na h-oidhcheannan a bha i ag obair leis na bioran, fad sheachdainean, airson an geansaidh seo a dhèanamh dha. Bha i air oidhirp mhath a dhèanamh agus a bharrachd air sin b' e deagh gheansaidh a rinn i aig a' cheann thall, agus cha robh i air geansaidh ùr a thòiseachadh a h-uile oidhche a chionn 's gun robh i sgìth den fhear air an robh i ag obair. Ged a bha e glas, bha sin ceart gu leòr cuideachd. Bha geansaidh glas air a h-uile balach eile sa chlas, agus mas e geansaidh dearg a bha i air fhighe dha is dòcha gun canadh iad Brù-dhearg ris-san cuideachd, agus cha robh Tormod ag iarraidh sin.

'Uill, tha thu a' coimhead gu math spaideil,' arsa Miss Robinson. 'Agus deiseil airson àireamhachd, tha mi an dòchas?'

Dh'ionnsaich Tormod rudeigin an latha ud – gun robh àireamhachd a cheart cho duilich ged a bhiodh geansaidh ùr spaideil ort no geansaidh aost' robach, ach sgrìobh e sìos gach ceum air an duilleig, an dòchas gum faigheadh e comharra no dhà a bharrachd ged nach biodh an t-sùim aige ceart. Agus cha do rinn e cho dona sin.

Bha an t-uisge ann nuair a chaidh iad a-mach a chluich agus dh'fhàs a gheansaidh ùr fliuch. Cha robh seo a' cur cus dragh air Tormod, oir bha fios aige gum biodh e tioram gun dàil, ach air an t-slighe a-steach bha Pòl Mòr air a chùlaibh, ri fealla-dhà – no b' e siud an leisgeul a bh' aige – agus ag ràdh gun robh samh fliuch neònach ag èirigh às a' gheansaidh aige. Cha robh e fada mus robh esan agus a charaid Andaidh a' magadh air Tormod. 'Fàileadh caora fhliuch dhìot, fàileadh caora fhliuch dhìot. Mè-e-e! Mè-e-e!'

Nan robh Mgr Robertson fhathast san sgoil bhiodh iad air am peanasachadh le bhith a' toirt orra seasamh san oisean, agus bha iongnadh air Tormod am biodh iad air peanas na bu chruaidhe buileach fhaighinn sna seann làithean – binn-beatha sna coloinidhean fada air falbh bho an luchd-eòlais airson 'eucoir' mì-mhodh. Ach bha Brù-dhearg a' creidsinn nach robh peanasan cruaidh èifeachdach. Dhèanadh trod beag a' chùis. 'Na bithibh cho mì-mhodhail,' thuirt i riutha, agus gruaidhean Thormoid bhochd a' fàs cho ruadh ri broilleach na bronn-deirge fhèin. 'Tha màthair Thormoid air geansaidh àlainn fhighe dha, agus 's e a tha fortanach.'

Bha i air an suidheachadh a chur am miosad. Cho

luath 's a thionndaidh i a cùl ris an t-seòmar chuala e, 'Mè-e-e! Geansaidh do mhamaidh. Geansaidh do mhamaidh.' Cho sàmhach nach cluinneadh Miss Robinson e.

'Na gabh dragh mun amadan ud,' thuirt Morna ris, is i na suidhe ri a thaobh mar a b' àbhaist. 'Bidh e fhathast a' mùn na leabaidh. Chuala mo phiuthar sin bho a phiuthar-sa. Abair bèibidh!'

Bha Tormod toilichte an uair sin, a' smaoineachadh air cho feargach 's a bhiodh màthair Phòil sa mhadainn. Balach mòr mar e fhèin. Nàire air, is e cho salach. Agus ghlèidh Tormod am fiosrachadh seo na inntinn, air eagal 's gum biodh e feumail uaireigin, ged a bha fios aige nach biodh e uair sam bith dàna gu leòr a ràdh ri Pòl fhèin.

Thiormaich an geansaidh aige san t-seòmar bhlàth, agus nuair a chaidh e dhachaigh aig deireadh an latha-sgoile bha a mhàthair fhèin toilichte nach robh e air a reubadh no air biadh a dhòrtadh air neo air fhàgail air a' bhus, agus thug i dha sgona mhòr mhilis le silidh nan subhag agus cead a bhith a' coimhead air an telebhisean airson leth-uair a thìde a bharrachd.

Agus fhad 's a choimhead am balach beag dealbh-èibhinn mu thaibhse a bha a' gabhail feagal ro dhaoine beò, dh'èist ise ri gàireachdainn a mic a' tighinn bhon t-seòmar-suidhe, is i fhèin sa chidsin ag obair air na brògan-boga fealt aige, a' feuchainn an robh dòigh a bhith gan leudachadh rud beag, gus am maireadh iad mìos no dhà a bharrachd.

An luadh mu dheireadh

DH'INNS MORNA DHA sgeulachd a chuala ise bho a seanmhair. Bhiodh a seanmhair agus na leadaidhean eile a' coinneachadh ann an taighean càch a chèile. Bha iad moiteil às an cuid bèicearachd agus gu math farpaiseach aig amannan, gu h-àraid a thaobh nan sgonaichean.

Bha na coinneamhan seo air a bhith a' dol fad bhliadhnaichean – fad ghinealaichean, a rèir aithris – agus b' iad na seann bhoireannaich a-mhàin a rachadh ann. Na boireannaich as òige, bhiodh iad fhathast ag obair tron latha, no bhiodh iad trang a' coimhead às dèidh na cloinne, ach thairis air aois trì fichead bhiodh tu aost' gu leòr, ach cha robh san aois ach a' chiad amas a bha ri choileanadh. Dìreach a chionn 's gun robh thu air trì fichead a ruighinn, cha robh sin ri ràdh gum faigheadh tu fàilte am measg nan leadaidhean cliùiteach seo nan nochdadh tu aig taigh Ciorstaidh Bhàin no taigh Marsaili gun fhiathachadh, fiù 's air do cho-là-breith fhèin agus cèic mhòr mhilis nad làimh. Chan ann mar sin a bha e ag obair.

Thigeadh e gun iarraidh, an comharra socair gun robh thu deiseil. Thigeadh tè dhiubh thugad aon latha, às dèidh na seirbheise oidhche na Sabaid, is dòcha, agus chanadh i rudeigin mu dheidhinn bèicearachd no mun aimsir no cho duilich 's a bha e, a rèir coltais, copan teatha ceart fhaighinn ann an cafaidhean a' bhaile sna làithean seo, agus bhiodh còmhradh neoichiontach a' dol eadaraibh mun rud seo is an rud eile fad dhà no trì mionaidean. Mean air mhean thigeadh e a-steach ort gun robh sùilean nam boireannach eile ort, ged a bha iad uile a' bruidhinn ri daoine eile, agus gun robh thu, gun fhiost', an sàs ann an agallamh. Mus robh thu air talla na h-eaglaise fhàgail bhiodh an tèile air cuireadh a thoirt dhut a thighinn dhan taigh aice feasgar Diciadain, agus bhiodh tu air gealltainn dhi gun dèanadh tu sgonaichean. Bhiodh tu fad an latha Dimàirt a' fuineadh is rachadh a' chuid bu mhotha a chur an dàrna taobh, is ghabhadh an duine agad iongnadh carson a bha uimhir de sgonaichean sa chrogan-arain ach dh'itheadh e iad co-dhiù. Nan robh thu uabhasach fortanach, uabhasach modhail agus uabhasach math air bèicearachd, bhiodh na sgonaichean agad math gu leòr airson nan leadaidhean eile agus gheibheadh tu fiathachadh an ath sheachdain, agus an t-seachdain às dèidh sin cuideachd, agus chan fhada gus am biodh tu nad bhall den chòmhlan.

Sin as adhbhar gun robh bodaich a' bhaile cho reamhar, is iad ag ithe nan sgonaichean nach robh math gu leòr airson cearcall nan leadaidhean.

Bha seanmhair Morna air a bhith aig cridhe a' chearcaill seo fad còig bliadhna. B' ise an seòrsa boireannach a bha freagarrach air a shon. Pòsta aig fear a bha na èildear, is i fhèin a-nis air a dreuchd a leigeil dhith às dèidh nam bliadhnaichean mòra air cùl a' chunntair aig oifis a' phuist, eòlach air naidheachdan a' bhaile ach faiceallach gu leòr mu dheidhinn dìomhaireachd 's gun robh earbsa aig daoine innte.

Dh'fheuch Morna agus Tormod ri bhith a' farchluais nuair a bha na leadaidhean san t-seòmar-suidhe, ach thàinig seanair Morna a-mach às an studaidh aige dìreach nuair a bha an teatha air a lìonadh is na sgeulachdan air tòiseachadh. Thòisich e a' trod riutha is thug e orra dhol a-mach a chluich sa ghàrradh.

'Chan e ur gnothach-sa a th' ann dè tha na leadaidhean còir a' dèanamh air cùl an dorais ud,' thuirt e riutha. 'A Mhorna, mo nàire ort.'

Cha do chuir e càil às leth Thormoid, ach an ann a chionn 's gun robh e na aoigh san taigh aca no a chionn 's nach do chuir e iongnadh sam bith air an duin'-uasal gum biodh beadagan beag robach mar Thormod a' stiùireadh ogha a dh'ionnsaigh leithid a mhì-mhodh, cha robh am balach beag cinnteach.

'Chan eil e cho dìomhair sin,' thuirt Morna ris, nuair a bha iad a-muigh air an fheur a' feuchainn ri neòineanan a cheangal ri chèile. 'Cha bhi iad a' dèanamh càil ach ag ithe sgonaichean agus ag innse sgeulachdan. Is chan eil na sgeulachdan cho inntinneach. Chan eil mi fiù 's a' smaoineachadh gu bheil iad fìor.'

Bha Tormod air iarraidh oirre tè de na sgeulachdan innse, ach dh'aidich Morna nach robh de dh'fhoighidinn a-riamh air a bhith aice fuireach aig an doras fada gu leòr airson èisteachd ris a h-uile rud. Ach bha a seanmhair air sgeulachd innse dhi aon oidhche nuair a bha a pàrantan a-muigh a' gabhail dinnear san taigh-òsta air ceann-là am pòsaidh agus a seanair is seanmhair a' coimhead às dèidh na cloinne, agus dh'fhaodadh i an sgeulachd sin innse dha nan robh e ag iarraidh.

'Chan eil fhios a'm an do dh'inns i an sgeul seo do na leadaidhean,' thuirt Morna. 'Ach is e seo an seòrsa rud mu am bi iad a' bruidhinn. Mu na seann làithean, na rudan a thachair sa bhaile nuair a bha iad òg, no nuair a bha na seanmhairean aca fhèin òg.'

Chuimhnich Tormod air an sgeulachd a bha Marsaili air a bhith ag innse, mun bhodach ud air leabaidh a bhàis. Cuin a thachair sin? Cha b' urrainn dha smaoineachadh air Marsaili ach mar a bha i a-nis, na caillich cho aosta 's a ghabhas, ach feumaidh gun robh seanmhair aig Marsaili, mar a bha aig a h-uile duine, agus gun robh an t-seanmhair sin air a bhith òg aig aon àm.

Ach is ann air cuspair eile a bha sgeulachd Morna.

'Bha i air a bhith ag innse dhomh mun dòigh sam biodh iad a' luadh a' chlòtha, ga chur bho dhòrn gu dòrn timcheall a' bhùird is iad a' seinn is a' bualadh an làmhan air a' bhòrd airson 's gum biodh an stuth a' fàs teann is dìonach.'

Cha robh mòran de dh'fhireannaich sa bhaile a bhiodh a' cosg aodach clò tuilleadh, ach bha seacaid chlò aig seanair Morna fhathast is chanadh e nach robh am beat air airson do chumail blàth. Bhiodh a' mhòr-chuid a' cosg anarag, no oillsgean, mar an còta mòr a bh' aig Ruairidh, agus nan robh iad ann an suidheachadh anns am feumadh coltas spaideil a bhith orra – tiodhlacadh, mar eisimpleir – is e deise dhorcha a chuireadh iad orra, sreath de dh'fhireannaich a' coiseachd tron bhaile is an aon èideadh orra uile, mar shaighdearan ann an arm na h-eaglaise, a-mach chun an àite-tiodhlacaidh.

Sna làithean seo bha an luadh ga dhèanamh ann am muileann anns an robh innealan mòra airson snìomh is nighe is iarnaigeadh cuideachd, ach is ann bho na seann làithean a bha sgeulachd seanmhair Morna, no bho na làithean a bha dìreach air iomall nan seann làithean agus cuimhne orra fhathast aig daoine a bha beò aig an àm.

'Bha fhios aca nach biodh luadh eile ann às dèidh sin,' bha a seanmhair air innse do Mhorna. 'Luadh san t-seann nòs, is an clò a' fàs dlùth fo làmhan nam ban is chan ann fo dhùirn chruaidh nan innealan. Mar sin bha iad airson an tachartas a chomharrachadh le òrain agus biadh sònraichte, agus cuireadh do na seann bhoireannaich a bha air an obair seo a shealltainn dhaibh nuair a bha iad òg is iad air ùr thighinn dhan bhannal.

Bha iad airson spèis a nochdadh don fheadhainn a bha air an cleachdadh a thoirt dhaibh bho na ginealaichean a dh'fhalbh, agus bha iad ag iarraidh gum biodh na nigheanan aca ann cuideachd gus am faiceadh iad ciamar a rinneadh an obair seo, ged a bha fios aca nach biodh an ginealach ùr ga togail.

'Mar sin, a bharrachd air a' bhannal fhèin, bha daoine san èisteachd, sean is òg, agus bha cuid aca ann an sunnd agus cuid aca brònach, agus cuid aca aig nach robh fios ciamar a bu chòir dhaibh a bhith a' faireachdainn. Bha Magaidh Chaimbeul ag obair mar-thà sa mhuilinn, a' bruthadh putan air inneal mòr a dhèanadh ann an leth-uair a thìde na bhiodh na boireannaich aig a' bhòrd a' cur seachad feasgar a' dèanamh, agus ged a bha i toilichte nach robh an obair ùr aice cho cruaidh air a làmhan bha i airson a dhèanamh aon turas eile san dòigh thraidiseanta, còmhla ri a banacharaidean. Bha Eilidh, bean Uilleim, a' fulang le tinneas nan alt, agus is gann gum b' urrainn dhi a corragan a dhùnadh nan dòrn, ach bha i airson a bhith an sàs anns an luadh mu dheireadh, is na deòir aice a' fliuchadh a' chlòtha mar a bha e a' dol timcheall. Chan eil fhios agam ciamar a thagh iad na boireannaich a bha gu bhith ga dhèanamh, oir bha barrachd a bha ag iarraidh a bhith ann na bha de shuidheachain aig a' bhòrd, ach bha Eilidh ann, agus Magaidh, agus mo sheanmhair fhìn agus an nàbaidh aice, agus Màiri piuthar m' athar agus a piuthar-chèile, agus gu leòr eile. Agus ged a bha mi fhìn glè òg aig an àm tha cuimhne agam fhathast air na h-òrain agus cho spòrsail 's a bha e.

'Dh'inns Eilidh dhuinn an uair sin gun robh i air sgeul a chluinntinn aig glùin a màthar, a chuala bho a seanmhair e – agus mar sin feumaidh gun robh e a' dol air ais deagh ghreis – gun robh cleachdadh aig na boireannaich a bhith a' cur a' chlòtha fo gheasaibh le bhith ag ainmeachadh nam fear air an robh iad dèidheil fhad 's a bhiodh an clò a' dol seachad orra, agus nan rachadh seacaid a dhèanamh airson fear aca leis a' chlò gum biodh iad a' tuiteam ann an gaol leis a' bhoireannach a rinn e dha.

'Agus nuair a thuirt i seo, dh'aontaich cuid de na boireannaich gun robh fios aca mun chleachdadh, ach bha feadhainn eile, an fheadhainn as òige, nach cuala a leithid a-riamh, agus nam measg bha tè air an robh Raonaid. Uill, nach robh Raonaid ann an gaol leis an fhear a bha seo, Seumas, a bha fuireach aig ceann eile a' bhaile, ach bh-8/a i uabhasach diùid agus cha robh fios aice ciamar a dh'innseadh i dha. Agus shaoil i gum feuchadh i ris a' chleas seo. Mar sin, fhad 's a bha an clò a' dol timcheall agus òran a' dol, chuir i na facail aice fhèin ris, gu socair 's gu sàmhach gus nach cluinneadh na leadaidhean eile, ach ag ainmeachadh an duine seo air an robh i cho measail gus an cluinneadh an clò fhèin e.

> *Hè mo leannan, hò mo leannan,*
> *'S e mo leannan am fear ùr,*
> *Hè mo leannan, hò mo leannan.*

'Agus nuair a bha Mòrag, aig an robh guth àrd, a' seinn an rainn, sheinn Raonaid dhi fhèin:

> *'S e mo leannan Seumas Chaluim.*
> *'S tu mo cheist, is caomh leam thu.*

'Agus thàinig iad uile a-steach leis an t-seist a-rithist, agus dh'èirich an ruadh ann an gruaidhean Raonaid air eagal 's gun robh na nigheanan air gach taobh dhith air a cluinntinn. Ach cha robh iad, no nan robh iad air a cluinntinn cha tuirt iad càil.

'Is dòcha gun do rinn boireannaich eile an aon rud aig an luadh mu dheireadh a bha sin. Is dòcha gun do dh'fheuch a h-uile tè dhiubh ri geasan a chur air a' chlò agus air na fireannaich a chuireadh an clò sin orra, ach is ann mu dheidhinn Raonaid a tha an sgeulachd seo, oir cha do dh'obraich an cleas aice mar a bha i an dùil.

'Nuair a bha an clò deiseil agus tioram, chaidh a phasgadh agus a thoirt don stòr, às an do cheannaich fear-malairt e, fear a bha anns an eilean a' ceannach stuthan airson tàillearan Lunnainn, agus mar sin cha deach aon phìos dheth a chleachdadh sa bhaile san deach fhighe. Ach ann am bùithtean baile mòr Lunnainn chaidh am bolt sin a reic ri tàillear cliùiteach a bhiodh a' dèanamh dheiseachan airson nan daoin'-uaisle. Cha chuireadh iad a leithid orra sa bhaile mhòr, tuigidh tu, ach aig an deireadh-seachdain b' e an cleachdadh a bh' aca a bhith a' falbh le gunnaichean airson losgadh air tàrmachan is eòin eile a-muigh air an dùthaich, agus sna làithean sin bha an clò againne san fhasan airson a leithid sin de chur-seachadan.'

'Mar sin, chaidh dàrna-leth a' chlò sin a chleachdadh airson deise do dhuin'-uasal a bha na Bhall Pàrlamaid airson Shropshire, agus chaidh na bha air fhàgail dheth a chleachdadh airson còta mòr do dh'ollamh aig Oilthigh Chambridge. Uaireigin sa bhliadhna ud fhuair Seumas Chaluim seacaid ùr cuideachd, chan ann den chlò a rinn na leadaidhean ach den chlò as saoire a b' urrainn dha lorg, oir cha robh e idir beairteach, agus chaidh an t-seacaid seo a dhèanamh dha le Iain Aonghas a bha air aon seòmar san taigh aige a sgeadachadh airson tàillearachd agus a bha comasach gu leòr, ged nach fhaigheadh e obair ann an Savile Row. Chunnaic Raonaid e is an deise ùr air agus chuimhnich i air na geasan a chuir i air a' chlò eile, agus ghabh i feagal, oir cha robh càil a dh'fhios aice ciamar a chanadh i facal ris, fiù 's "madainn mhath", agus bhàsaich a cridhe rud beag a bharrachd a h-uile turas a chunnaic i e.'

Bha Morna den bharail gun robh Raonaid na h-òinseach, agus thuirt i seo ri a seanmhair. Mura robh i dàna gu leòr bruidhinn ris, is beag an t-iongnadh nach biodh ùidh aig Seumas innte. Carson nach robh barrachd misneachd aig an nighinn ghòraich? Agus rinn seanmhair Morna gàire bheag, oir bha e follaiseach nach robh misneachd sam bith a dhìth air Morna, òg 's gun robh i, agus bha i an dòchas nach cailleadh i biod dheth nuair a ruigeadh i an aois nuair a bhiodh i a' coimhead air na balaich chan ann mar charaidean a-mhàin, mar an gille beag neònach ud Tormod a bha daonnan ri a taobh, ach mar chreutairean tarraingeach aig an robh cumhachd do chur far na slighe a bha romhad, do stiùireadh air falbh bhon fhoghlam a bha an dàn dhut, do chumail anns an eilean ag obair ann an oifis a' phuist an àite a bhith nad dhotair no nad neach-saidheans thall ann an Ameireagaidh.

'Dè bh' ann mu dheidhinn Sheumais Chaluim a bha cho sònraichte co-dhiù?' dh'fhaighnich Morna.

'Chan eil fhios agam, a luaidh,' thuirt a seanmhair. 'Tha an cridhe ag iarraidh na tha e ag iarraidh, agus bha Raonaid ag iarraidh Sheumais Chaluim. Ach dh'fhàg e am baile goirid às dèidh sin agus fhuair e obair air tìr-mòr, agus nuair a thill e às dèidh seachd bliadhna is ann le bean agus leanabh ùr a thàinig e air ais dhan eilean. Thog iad taigh ùr agus thàinig leanabh eile, agus fear eile às dèidh sin agus tèile, uile taobh a-staigh còig bliadhna. Agus bhiodh Raonaid a' coimhead orra san eaglais gach Sàbaid, nan suidhe còmhla, Seumas aig ceann an t-suidheachain agus a bhean aig a' cheann eile, an ceathrar chloinne nan suidhe eatarra, an tè as òige dhiubh sa bhun-sgoil a-nis, agus chuireadh i mallachd oirre fhèin airson a bhith cho gòrach, is an t-eudach ga h-ithe, oir bha sia bliadhna deug air a dhol seachad agus cha robh Raonaid fhèin pòsta.

'Bha obair aice a-nis anns a' mhuilinn far an robh iad a' dèanamh a' chlòtha, an t-àite san robh Magaidh ag obrachadh nan innealan-luadhaidh, ach is ann san oifis a bha Raonaid ag obair. Bhiodh i a' cumail smachd air na cunntasan agus a' sgrìobhadh gu na daoine a bhiodh a' ceannach a' chlòtha, air tìr-mòr agus ann an dùthchannan eile, ach cha robh càil a dh'fhios aice càit an robh am bolt ud, leis an do chuidich i nuair a bha i fhathast òg agus bòidheach, air a dhol. Bha i gu bhith dà fhichead bliadhna a dh'aois a dh'aithghearr agus cha robh coltas math oirre tuilleadh, a falt a' liathadh is a meadhan a' leudachadh, agus cha laigheadh sùilean nam fear oirre na b' fhaide na dh'fheumadh iad airson innse dhi dè bha ri dhèanamh no faighneachd dhi mu na sùimeannan a chosg iad air clòimh no peatrail no tuarastal an luchd-obrach. Shaoil i aig amannan gur i fhèin a chaidh a chur fo gheasaibh an latha ud, chan e Seumas Chaluim agus chan e an clò a bha siud.'

Agus mhothaich seanmhair Morna an uair sin gun robh an nighean bheag a' tuiteam na cadal, oir bha a sùilean a' dùnadh. Ghabhadh an còrr den sgeulachd a chumail airson oidhche eile.

Na Ròmanaich

BHA SGEULACHDAN SAN leabhar eachdraidh aca, mu na Ròmanaich is na Lochlannaich agus Màiri Bànrigh na h-Alba, agus bhiodh Miss Robinson ag iarraidh orra dealbhan no modailean a dhèanamh de na rudan mun robh iad a' leughadh. Rinn iad dealbh de centurion Ròmanach, cho àrd ri Pòl Mòr, agus claidheamh aige, cuide ri sgiath is clogaid is fèileadh, oir b' e siud a bha san fhasan bho chionn dà mhìle bliadhna, agus bha am figear seo air a' bhalla aig cùl a' chlas.

Bha Tormod moiteil às a' chlogaid, oir b' esan agus Morna a rinn sin, agus bha iad air diofar dhathan peansail a chleachdadh gus an robh e coltach ri meatailt. Cha robh Pòl is Andaidh air oidhirp cho mòr a dhèanamh le casan an t-saighdeir, ge-tà. Cha robh duine a-riamh beò aig an robh craiceann cho pinc, fiù 's bho chionn dà mhìle bliadhna, agus bha iad air dathan a chur taobh a-muigh nan loidhnichean cuideachd. Bha an clogaid fhathast ceart gu leòr, ach bha buill eile den deilbh air nach robh coltas cho math, oir bhiodh daoine a' coiseachd seachad air gun chùram, na bagaichean-sgoile aca a' reubadh pìosan den phàipear. Chaidh an claidheamh a chàradh le sellotape dà thuras mar-thà, agus aig deireadh na teirm rachadh an rud air fad a chur sa bhiona.

A bharrachd air an eachdraidh oifigeil mu na Ròmanaich, bha Miss Robinson cuideachd air a bhith a' leughadh sgeulachd dhaibh mun fhear a bha seo a bha air a dhreuchd san arm Ròmanach a leigeil dheth agus a bha air a thighinn a dh'Alba airson iolaire a lorg. Cha b' e eun beò a bha san iolaire seo, ach suaicheantas a bh' aig na saighdearan Ròmanach, agus bha esan ga lorg a chionn 's gun deach a chall nuair a chaidh lèigiun gu tuath a shabaid leis na daoine borba a bha a' fuireach ann.

Thuirt Miss Robinson riutha nach b' e fìor-sgeul a bha san stòiridh seo ach gun robh e stèidhichte air rudan a thachair agus gun robh an sgrìobhadair air an còrr den sgeulachd a dhèanamh an-àird. Cha do chuir seo cus dragh air Tormod. An rud a chuir dragh air, b' e gun robh an sgeulachd nach robh fìor nas fheàrr na na leasanan eachdraidh, oir bha an leabhar eachdraidh aca tioram agus cha robh gu leòr ann airson innse dhut cò ris a bha na daoine seo coltach. Thuirt an leabhar eachdraidh, mar eisimpleir, gun deach Màiri Bànrigh na h-Alba a chumail ann an caisteal mar phrìosanach fad bhliadhnaichean agus an uair sin gun deach a ceann a ghearradh far a bodhaig. Cha dèanadh sin a' chùis. Dè bhiodh i a' dèanamh sa chaisteal ud? An robh fios aice dè bha a' dol a thachairt, no an robh i a' smaoineachadh gum faigheadh i dòigh às? Carson nach do dh'fhalbh i co-dhiù? Shaoileadh tu gum b' urrainn do bhanrigh òrdugh a thoirt do chuideigin is gun dèanadh iad rud sam bith a bha i ag iarraidh. Cha robh Tormod idir riaraichte leis an sgeulachd seo, ach is dòcha gun robh stòiridhean eile ann a dh'innseadh Miss Robinson dhaibh nan robh tìde aca – mura robh iad a' dèanamh àireamhachd – mar a bha i le sgeulachd iolaire nan Ròmanach.

'Tha barrachd air aon dòigh sgeulachd innse.' Bha Miss Robinson air seo a ràdh iomadh turas nuair a bha iad a' sgrìobhadh. Bha Ruairidh air an aon rud a ràdh cuideachd, agus chan ann a-mach à leabhraichean a bha sgeulachdan Ruairidh.

An-diugh cha robh iad a' dol a chluinntinn mun t-saighdear Ròmanach agus an iolaire. Bha iad gu bhith a' dèanamh gym, agus an uair sin a' seinn leis a' Bh-ph Chaimbeul, a thigeadh a h-uile Diciadain airson a' chòisir a stiùireadh, agus dh'fheumadh a h-uile duine a bhith sa chòisir, fiù 's Pòl agus Ealasaid, nach robh comasach air am fonn a chumail. Bha cuideigin ann an clas nas àirde air moladh gum bu chòir dhaibh am bilean a ghluasad gu sàmhach. B' fheàrr le Tormod gun cumadh Pòl a bheul dùinte fad an t-siubhail, ach bha fios aige gum faigheadh e deagh bhreab nan canadh e a leithid. Agus bha a' Bh-ph Chaimbeul ag iarraidh gum biodh a h-uile duine a' seinn, comas ann no às.

Bha Pòl na sheasamh aig ceann eile na còisire, a' coimhead a-mach air an uinneig. B' esan am balach a bu mhotha sa chlas aca, ach bha feadhainn sna clasaichean eile a bha na b' àirde na esan, agus bhiodh iad nan seasamh sa mheadhan agus aig a' chùl. Bha a' Bh-ph Chaimbeul ag iarraidh cumadh leth-chearcaill air a' chòisir aice.

'Oidh, a Phòil, cùm d' aire ormsa,' thuirt i, a' cnagadh a corragan. 'Chan eil càil nas inntinniche a-muigh na th' againn a-staigh seo. Trobhad is seas ri taobh Thormoid.'

Bha Tormod taingeil nach robh e air dad mì-mhodhail a ràdh ris, ach a-nis dh'fheumadh e seinn le guth neo-bhinn Phòil na chluais. Bha e doirbh gu leòr facail nam port fhaighinn ceart mar a bha e, agus a-nis bha e cinnteach gun rachadh a chur far an fhuinn cuideachd.

'Ciamar a tha do gheansaidh-chaorach an-diugh?' thuirt Pòl ris ann an cagar.

Cha do fhreagair Tormod. Chùm e a shùilean air a' Bh-ph Chaimbeul, a bha deiseil airson tòiseachadh.

> *Dòmhnall Beag an t-Siùcair,*
> *An t-Siùcair, an t-Siùcair,*
> *Dòmhnall Beag an t-Siùcair*
> *Is dùil aige pòsadh,*
> *Dòmhnall Beag an t-Siùcair,*
> *An t-Siùcair, an t-Siùcair,*
> *Dòmhnall Beag an t-Siùcair*
> *Is dùil aige pòsadh.*

Bha a' phàirt sin furasta gu leòr, ach cha robh an ath rann cho sìmplidh.

> *Cha ghabh a' chlann-nighean e,*
> *Chlann-nighean e, chlann-nighean e.*

An loidhne ud, cha b' urrainn dha fhaighinn ceart. Bha a theanga a' faireachdainn ro mhòr na bheul agus cha b' urrainn dha na facail fhuaimneachadh luath gu leòr.

'Is ciamar a tha do mhamaidh, eh? A' dèanamh geansaidh snog eile don uan bheag aice? Mè-e-e.'

Nan robh Tormod dàna gu leòr bhiodh e air breab beag cruaidh a thoirt do Phòl, ach cha robh e. Agus cha robh a' Bh-ph Chaimbeul air mothachadh nach robh a h-uile duine a' seinn.

> *Cha ghabh a' chlann-nighean e,*
> *Bho nach eil e bòidheach.*

'Agus càit a bheil do dhadaidh, è?'

Thionndaidh Tormod agus choimhead e air Pòl, a shùilean mòr agus a bheul fosgailte, ach bha Pòl a' seinn mar nach robh càil ceàrr.

> *Ged a bhiodh na ginidhean,*
> *Na gindhean, na gindhean,*
> *Ged a bhiodh na ginidhean*
> *a' gliongadaich na phòcaid.*

'A Thormoid,' dh'èigh a' Bh-ph Chaimbeul. 'Bidh a h-uile duine sa chòisir seo a' seinn. A h-uile duine. Nise, cùm do shùilean ormsa agus feuchaidh sinn sin a-rithist.'

Ged nach b' urrainn dha fhaicinn, is a shùilean a-nis air a' Bh-ph Chaimbeul, bha fios aig Tormod gun robh gàire mhòr air aodann amaideach Phòil, agus cha robh càil a ghabhadh dèanamh mu dheidhinn.

Saighdearan Ruairidh

'CHAIDH IOMADH FEAR ÒG às a' bhaile seo dhan arm,' thuirt Ruairidh.

Bha iad nan suidhe san t-seada, a' peantadh nan saighdearan beaga a-rithist. Còrr air fichead dhiubh a-nis eadar an dithis aca.

'Cuine?'

'Thar nan linntean. San ochdamh linn deug an aghaidh nam Frangach is nan Ameireaganach. San naoidheamh linn deug an aghaidh nam Frangach a-rithist, agus an uair sin an aghaidh nan Ruiseanach, agus san linn seo còmhla ris na Ruiseanaich agus na Frangaich an aghaidh nan Gearmailteach, dà thuras, agus suas chun an latha an-diugh ann an diofar cheàrnaidhean den t-saoghal – Afraga, an Ear-Mheadhanach, dùthchannan fada, fada air falbh, an aghaidh daoine de gach treubh is creideamh.'

'Chan ann an aghaidh nan Ròmanach?' dh'fhaighnich Tormod beag.

'Cha bhiodh saighdearan mar seo a' sabaid an aghaidh nan Ròmanach,' fhreagair Ruairidh, a' togail fear de na figearan beaga khaki. 'No fiù 's an fheadhainn seo sna còtaichean dearga. Ach tha mi cinnteach gun robh na Cruithnich a cheart cho fiadhaich, ged nach robh gunnaichean aca, is gun do chuir iad feagal mòr air na ceatharnaich Ròmanach a thàinig gu tuath.'

Bha Tormod air a bhith ag innse do Ruairidh mun iolaire san stòiridh a bha Miss Robinson a' leughadh dhaibh san sgoil. Cha robh Cruithnich no Ròmanaich am measg nan saighdearan beaga a bh' aig Ruairidh.

'Dh'fhaodadh tu peanta gorm a chur air aghaidh fear de na saighdearan-dearga seo, is dòcha,' mhol e. 'Bhiodh e coltach ri Cruithneach an uair sin.'

'A bheil sin ceadaichte?' dh'fhaighnich Tormod.

'Gu dearbh fhèin tha e ceadaichte,' fhreagair am bodach. 'Dh'fhaodadh tu a h-uile fear aca a pheantadh pinc is purpaidh agus toirt a chreids' gur ann à planaid eile a tha iad. Chan eil e na riaghailt gum feum iad fìor-shaighdearan eachdraidheil a riochdachadh.'

Cha robh Tormod air smaoineachadh air seo idir, ach a' coimhead air na figearan a bh' aca nan seasamh sna loidhnichean aca – dusan às a' Chogadh Mhòr is deichnear shaighdearan-dearga – agus a' smaoineachadh air an oidhirp mhòr a bha iad air dèanamh thairis air ceithir latha a-nis airson a h-uile fear dhiubh a pheantadh cho faiceallach 's a b' urrainn dhaibh, cha robh e airson am milleadh. Agus is ann airson clann-nighean a bha pinc is purpaidh co-dhiù.

Airson greiseag chùm iad orra leis a' pheantadh, ach bha Tormod a' fàs sgìth. Bhiodh an t-àm ann a dhol dhachaigh a dh'aithghearr.

'Bu chòir dhuinn dinnear Thomasina a thoirt dhi,' thuirt e.

'Bu chòir dhòmhsa briosgaid a thoirt dhut, an e sin a bha thu a' ciallachadh? Trobhad, ma-tà. Fàgaidh sinn na saighdearan gus a-màireach.'

Air an t-slighe bhon t-seada chun an taighe thàinig smuaint a-steach air Tormod – a' cheist a dhìochuimhnich e an turas mu dheireadh.

'A Ruairidh, an robh sibh fhèin a-riamh san arm?'

'Bha, airson greiseag.'

'Sa chogadh?'

'Seadh, san Dàrna Cogadh, ach cha robh mi a' sabaid agus cha do dh'fhàg mi an Rìoghachd Aonaichte uair sam bith. Bhithinn a' draibheadh làraidhean eadar diofar champaichean ann an Sasainn, a' giùlan bathar de gach seòrsa. Obair chudromach a bh' agam, a' dèanamh cinnteach gun robh stuth san àite cheart, agus ged a bha iad air sealltainn dhuinn mar a làimhsicheadh tu gunna cha robh adhbhar agam a-riamh a bhith a' losgadh air duine beò, taing do shealbh. Bha an cianalas orm, ge-tà, agus bha mi taingeil nuair a bha e seachad. Chaidh an rèisimeid san robh mo bhràthair mòr a chur dhan Eadailt, agus bha sin cunnartach gu leòr, ach chòrd e ris cho math 's gun do dh'fhuirich e san arm às dèidh làimh, ach mise, bha mi airson tilleadh dhachaigh.'

Ghabh Tormod iongnadh carson a bha ùidh cho mòr aig Ruairidh sna leabhraichean eachdraidh agus sgeulachdan am pailteas aige mu na diofar chogaidhean thairis air na bliadhnaichean, mura robh e fhèin toilichte nuair a bha e san arm.

'Cha robh fhios agam gun robh bràthair agaibh.'

'Uill, tha Dòmhnall a' fuireach ann an Sasainn. Bidh mi ag iarraidh air a thighinn an seo airson làithean-saora ach tha deagh ghreis o thàinig e cho fada gu tuath.'

'Agus tha esan san arm?'

'Bha, airson grunn bhliadhnaichean,' arsa Ruairidh. Bha iad sa chidsin a-nis, Thomasina na laighe an sin mar a b' àbhaist, a' fosgladh aon sùil agus ga dùnadh a-rithist cho luath 's a chunnaic i cò bh' ann. 'Agus às dèidh sin bha e na mhaighstir-sgoile ann an Godalming, faisg air Lunnainn, agus sin far a bheil e a' fuireach fhathast.'

'Go-dal-ming.'

'Ainm annasach, nach e?' thuirt Ruairidh. 'Ach saoilidh mi gum biodh na h-ainmean-àite againne annasach do na Sasannaich.'

Ghabh Tormod briosgaid eile. Bha e fhathast ga cagnadh nuair a thàinig smuaint ùr gu inntinn.

'Am bi iad ag iarraidh ormsa a dhol dhan arm?'

'Cha bhi. Chan eil adhbhar a bhith a' sabaid a-nis, agus tha mi an dòchas nach bi a-rithist. Ach dh'fhaodadh tu a bhith nad shaighdear nan robh thu air a shon. Bidh cuid a dh'fhir òga a' dol ann gu math deònach. Mar a rinn Dòmhnall. Mar a rinn mo mhac cuideachd.'

Cha robh fios aig Tormod gun robh mac aig Ruairidh Mòr. Cha robh e air bruidhinn mu dheidhinn a-riamh. Cha robh e cinnteach dè bu chòir dha a ràdh, ach shaoil e gum biodh e modhail rudeigin fhaighneachd mu dheidhinn.

'A bheil esan a' fuireach ann an Sasainn cuideachd?'

'Uill, chan eil freagairt shìmplidh agam air a' cheist sin, a Thormoid,' thuirt Ruairidh, agus airson diog no dhà shaoil Tormod gun robh e a' dol a thòiseachadh air sgeulachd ùr, sgeulachd mun mhac aige, ach cha do thòisich. Seach sin, cha tuirt e ach, 'Innsidh mi dhut uaireigin… ach chan ann an-diugh.' Bha coltas annasach air a' bhodach, is e a' coimhead air fàire, mar gun robh e a' feuchainn ri cuimhneachadh air rudeigin, ach cha do mhair e mar sin ro fhada mus tàinig e thuige fhèin. 'Uair eile, a Thormoid. An-dràsta, bu chòir dhuinn sùil a thoirt air na cearcan.'

Bha cearcan Ruairidh air uighean a bharrachd a bhreith, is bha bogsa dhiubh aig Tormod ri thoirt do a mhàthair. Dh'fheumadh e a bhith faiceallach air an t-slighe dhachaigh, agus dh'fheumadh e an t-slighe fhada a ghabhail gus nach briseadh e iad a' dol tron achadh agus thairis air an fheansa, ach ged a bhiodh sin a' toirt dha barrachd tìde bha e cuideachd a' toirt dha cothrom smaoineachaidh. Is dòcha gum b' urrainn dha faighneachd dha mhàthair. Bha ise air a bhith eòlach air Ruairidh fad a beatha.

Piuthar mhòr Morna agus sgeulachd na cailliche is a coin

'CHAIDH IARRAIDH AIR a' chloinn gun a bhith a' dol faisg air taigh na cailliche,' thuirt piuthar Morna. Is e Annabel an t-ainm a bh' oirre agus bha i trì bliadhna nas sine.

'Ach bha iad airson faighinn a-mach an robh e fìor, oir bhiodh daoine sa bhaile ag ràdh gum biodh taibhse a' coiseachd mun cuairt is ag èigheachd, "Càit a bheil an t-airgead? Cò a ghoid mo chuid airgid?" Wooooh-aaah-aah-ah!'

Ghabh cuideigin grèim air làmh Thormoid. Chlisg e, ach cho luath 's a chunnaic e gur e Morna a bh' ann fhuair e faochadh. Bha Annabel a' cumail toirds fo a smiogaid, an solas a' deàlradh suas mar aghaidh-choimheach eagalach. Bha a' chlann eile nan suidhe air an làr a' coimhead oirre le uabhas. Bha na cùirtearan a' dùnadh a-mach cuid mhath den t-solas bhon taobh a-muigh, ach bha Tormod taingeil gun robh e fhathast soilleir fon uinneig agus nach robh cleas Annabel a cheart cho èifeachdach 's a dh'fhaodadh e a bhith nan robh iad an seo air oidhche dhorcha sa gheamhradh.

'Bhiodh cuid a dhaoine ag ràdh gur e mèirleach à baile eile a thàinig dhan taigh aice air an oidhche, oir bha fios aig a h-uile duine gun robh a' chailleach seo beairteach, ach cha robh fios aca càit an robh i a' cumail a cuid airgid. Bha cù aice cuideachd – creutair mòr fiadhaich a bh' ann – agus bhiodh an cù seo ga cumail sàbhailte aig an taigh. Mar sin, cha robh cothrom aig duine sam bith a bhith san taigh nuair nach robh a' chailleach ann, oir bhiodh i a' fàgail a' choin an sin airson coigreach sam bith a bhìdeadh.'

Thuirt Annabel am facal 'bhìdeadh' gu fiadhaich, a h-anail a' feadalaich tro a fiaclan airson dràma a bharrachd a chur ris an aithris aice. Bha i air Nebuchadnezzar a riochdachadh san dealbh-chluich a rinn an clas aice san sgoil-Shàbaid an-uiridh, a' cur Shadrach, Meshach agus Abednego dhan teine, agus bha a h-uile duine air a moladh airson nan sgilean cleasachd aice. Cha robh Tormod a' tuigsinn carson a bha nighean air a' phàirt sin a chluich, ach thuirt Morna nach robh gin de na balaich comasach air na loidhnichean aca ionnsachadh, agus gun robh balaich san fharsaingeachd caran slaodach... ach a-mhàin Tormod, a bha na charaid dhi.

Ach cha robh na bha Annabel ag ràdh mun chù a bha seo a' dìon an taighe a' dèanamh ciall do Thormod. Nach robh fios aig a h-uile duine gun robh feum aig coin, gu h-àraid coin mhòra, air eacarsaich? Nan robh mèirleach a' cumail sùil air an taigh airson greiseag, a' faicinn cuin a bhiodh a' chailleach a' tighinn agus a' falbh agus càit am biodh an cù aig diofar amannan, bhiodh e ag ionnsachadh gu math luath cuin a bhiodh cothrom aige a dhol a-steach agus an t-airgead aice a ghoid. Ach cha tuirt e smid, air eagal 's gum biodh a' chlann as sine a' magadh air, agus a chionn 's nach robh an sgeulachd air fad air a h-innse fhathast, agus gu math tric nuair a dh'innseadh daoine sgeulachdan bhiodh car air fàire a dh'atharraicheadh a h-uile rud a bha air tachairt thuige sin.

'Ach an oidhche a bha seo,' thuirt Annabel, 'fhuair a' chailleach bàs.' Chuir i cudrom air an fhacal 'bàs' agus stad i, a' feitheamh gus an sgaoileadh buaidh na naidheachd seo tron a h-uile duine a bha ag èisteachd. Dh'fhàs grèim Morna air làmh Thormoid na bu tinne.

'Agus nuair a dhùisg an cù sa mhadainn bha an t-acras air is bha e ag iarraidh a bhracaist.'

Bha fios aca uile càit an robh i a' dol le seo agus cha robh coltas math air.

'Bha a' chailleach air na dorsan a dhùnadh agus a ghlasadh agus chan fhaigheadh an cù às, no is dòcha gum biodh e air falbh airson innse do chuideigin.'

An tachradh a leithid? Anns na prògraman telebhisein, is dòcha, ach cha robh Tormod cinnteach gum biodh cù dha-rìribh a' dèanamh sin. Chòrdadh e ris nan robh cù aige fhèin. No cuilean, is dòcha, ach cha cheadaicheadh a mhàthair sin. Bhiodh e sgoinneil nam biodh cù agad a bha na ghaisgeach, a rachadh a dh'innse do dhaoine nan robh cuideigin ann an cunnart, ach nan robh an cù agad a' dol a dhèanamh an rud a bha e an amharas a bha gu bhith a' tachairt san sgeulachd...

'A chionn 's gun robh a' chailleach cho spìocach is cho gruamach agus cho mì-mhodhail, cha robh caraidean sam bith aice tuilleadh agus mar sin cha tàinig duine sam bith a chèilidh oirre. Gu fìrinneach, chaidh còig latha seachad mus deach duine sam bith dhan taigh aice.'

Shìn i a-mach am facal 'còig', agus bha Tormod a' smaoineachadh air na dh'itheadh cù mòr thairis air còig latha.

'Agus nuair a thàinig fear a' phuist le pasgan dhi cha tàinig i chun an dorais, agus dh'èist e agus chuala e an cù a' ruith mun cuairt a-staigh agus a' comhartaich, agus choimhead e tron uinneig far am fac' e rudeigin uabhasach. Am boireannach na laighe air an làr sa chidsin agus a h-uile biod feòla air a spiulgadh.'

'Iuch! Stad, Annabel. Tha sin uabhasach.' Bha

Morna a' gal a-nis, agus bha Ealasaid agus cuid den chloinn as sine a' coimhead troimh-a-chèile cuideachd, fiù 's bràthair mòr Morna is Annabel, a bha mar as trice tapaidh gu leòr airson dèiligeadh ri rud sam bith a thigeadh na char. Bha aodann Iain uainealach agus coltas air gun robh e an impis cur-a-mach.

Chuir Annabel dheth an toirds agus chuir i air an solas mòr. 'Mo chreach, a Mhorna. Carson a mhill thu e? Bha e a' còrdadh ris a h-uile duin' eile.'

B' e faochadh a bha an fheadhainn eile a' faireachdainn, ach cha robh iad a' dol a ghearan. Sa chearcall bheag seo bha làmh-an-uachdair aig Annabel agus a banacharaid Màiri. Bha iad coltach ri leadaidhean nan sgonaichean ann an dòigh. Bha thu fortanach nam faigheadh tu cuireadh, agus mar as trice cha bhiodh iad air Morna agus Tormod a thoirt a-steach.

Dh'iarr Màiri air Annabel leantainn oirre leis an sgeulachd, ach bha rudeigin air atharrachadh am measg na cloinne eile a bha an làthair. Thuirt Iain gun robh e a' dol dhan taigh-bheag, thuirt Ealasaid gum feumadh ise dhol dhachaigh no bhiodh a màthair a' trod rithe, agus nuair a chuala iad màthair Morna is Annabel ag èigheachd gun robh sùgh agus briosgaidean aice sa chidsin cha b' e ruith ach leum a bh' aca is iad a' tuiteam thairis air a chèile air an t-slighe sìos an staidhre. Dh'fhàg iad Annabel san t-seòmar leatha fhèin. Dh'fhosgail i na cùirtearan agus chuir i às an solas mòr. Cha robh i toilichte. Bha fios aice gun robh Morna ro òg, agus bha seo air a dhearbhadh dhi. Rinn i a h-inntinn an-àird gun cuireadh i feagal air a' pheasan bheag aig àm eile.

Air an t-slighe dhachaigh choisich Tormod còmhla ri Lachlann, caraid do dh'Iain, cho fada ri taigh Lachlainn agus an uair sin leis fhèin air ais dhan taigh aigesan.

Bha e a' meòrachadh air an sgeulachd mun t-seann bhoireannach agus a cù, agus bha beàrnan uabhasach ann. Mas e taibhse a bh' anns a' chailleach, an robh feòil air a cnàmhan taibhseach fhathast no an robh i na cnàimhneach lom? Thuirt Annabel gun robh an cù air a h-uile biod feòla ithe. An robh taibhsean a' riochdachadh dhaoine mar a bha iad nuair a fhuair iad bàs, no am biodh iad cuideachd a' sealltainn nan rudan uabhasach a thachair dhaibh às dèidh dhaibh bàsachadh, mar a bhith air an ithe le cù fiadhaich? Agus cò ghoid a cuid airgid? Cha robh duine sam bith air a ghoid nuair a bha i fhathast beò, ach cha bhiodh e gu diofar nan robh cuideigin air a ghoid às dèidh a bàis, oir cha chuireadh tu feum air ann an nèamh. Mas ann ann an nèamh a bha i, oir thuirt Annabel nach b' e boireannach laghach a bh' innte. Is dòcha gun robh i san àite eile, ma-tà. Ach nan robh i ann an ifrinn, no fiù 's nan robh i ann an nèamh, ciamar a thàinig an taibhse air ais? Bha e air sgeulachdan eile a chluinntinn san robh na taibhsean air an glacadh eadar an saoghal seo agus an saoghal a tha ri thighinn, agus bhiodh cuideigin a' cur às dhan taibhse le bhith ga saoradh gus am faigheadh e no i fois agus àite nas freagarraiche a bhith beò – mas e 'beò' am facal ceart – fad na sìorraidheachd. Agus dè thachair dhan chù? Cha b' e a choire-san a bh' ann gun robh an t-acras air.

Bha na smuaintean seo uile fhathast a' dol tro inntinn Thormoid nuair a ràinig e an taigh, far an robh a mhàthair sa chidsin a' rùsgadh bhuntàta. Dh'fhaighnich i an do chòrd e ris aig taigh Morna agus thuirt e gun do chòrd, ach shaoil e nach b' e seo an t-àm a bhith a' cur cheistean mu choin is thaibhsean. Cha robh Annabel glic a bhith ag innse sgeulachd mar sin do chloinn cho òg agus cha robh e ag iarraidh gun canadh a mhàthair càil ri màthair Morna, no is dòcha nach fhaigheadh e cuireadh a-rithist.

Bha iomadh ceist a bu mhath le Tormod a chur air a mhàthair. A-màireach, is dòcha.

Murchadh modhail agus truas na coimhearsnachd

CHA ROBH ATHAIR aig Murchadh nas motha. Bha athair Mhurchaidh air a bhith na iasgair agus fhuair e bàs aig muir. Thachair seo nuair a bha Murchadh dà bhliadhna a dh'aois agus a phiuthar Beathag a ceithir. San sgoil agus san eaglais chanadh a h-uile duine cho moiteil 's a bha iad à Murchadh agus Beathag, cho math 's a bha iad air na leasanan aca, agus choisinn Murchadh duais san sgoil Shàbaid airson na deilbh a rinn e de Iòsaph 's a chòta ioma-dhathte. Agus bhiodh leadaidhean a' bhaile ag ràdh cho math 's a bha a' Bh-ph NicRath a' dèanamh, a' togail na cloinne àlainn ud leatha fhèin, agus abair gun robh truas aca rithe, is i air an duine a chall 's e cho òg.

Cha bhiodh iad ag ràdh gun robh Tormod math air a leasanan. Uill, chanadh Miss Robinson sin, gu h-àraid mu a chuid sgrìobhaidh, ach cha bhiodh daoine sa choimhearsnachd a' fàgail beachd mu dheidhinn. Cha chanadh iad guth mu a mhàthair nas motha, cho math 's a bha i a' dèanamh a' togail Thormoid bhig leatha fhèin gun taic sam bith, ach bha iad luath gu leòr leis a' chàineadh nan robh aodach a' bhalaich bhig robach no a ghlùinean salach no nan robh e a' coimhead orra san dòigh neònach ud a bh' aige. Ro shàmhach, daonnan ag èisteachd. Is docha nach robh e uabhasach glic, ach cha robh sin na iongnadh dhaibh, agus ann an dòigh is dòcha gun robh am brùid beag nas fheàrr dheth às aonais an duine ud na bheatha. Is math gun do dh'fhàg e am baile. Cha bhiodh e gu feum sam bith a' cumail taic ri màthair a' phàiste aige. Cha bhiodh e air a pòsadh, cha bhiodh e air obair chunbhalach a lorg. Seadh, dh'fheumadh beagan truais a bhith agad rithese, ach 's i a thug oirre fhèin e.

Am balach beag, seadh, cha bu chòir dad a bhith aca na aghaidh, truaghan a bh' ann, ach b' e mac athar agus cha b' e a cheannachd a rinn e. Is bha rudeigin mu dheidhinn Thormoid, an rud neònach sin air nach b' urrainn dhut do chorrag a chur, a dh'fhàg an-fhoiseil iad.

An latha a bha seo, dh'iarr Miss Robinson air clas Thormoid lios na sgoile a sgioblachadh. Bha iad air meacanan a chur agus bha na flùraichean a-nis a' nochdadh. Chòrd leasanan mar seo ri Tormod, oir bhiodh i ag innse dhaibh mu na diofar lusan is meanbh-bhiastan. Bhiodh leithid Phòil Mhòir dualtach a bhith a' togail damhan-allaidh no daolag bheag airson a chur sìos geansaidh nighean air choreigin, no airson casan a' chreutair bhochd a reubadh far a bhodhaig. Bha seo air tachairt cho tric a-nis 's nach robh e a' cur iongnadh air daoine tuilleadh, agus bhiodh a' chlann-nighean a' cumail sùil gheur air Pòl agus ga sheachnadh. Bha Miss Robinson a' cumail sùil air cuideachd. Bha feagal oirre fhèin ro na meanbh-bhiastan, gu h-àraid damhain-allaidh, ged nach nochdadh i gu poblach gun robh, agus cha robh i airson cothrom a thoirt dhan bhalach bhrùideil ud culaidh-mhagaidh a dhèanamh dhith air beulaibh nan sgoilearan.

Bha Tormod agus Murchadh ag obair còmhla ri chèile a' cur sìol airson càl, a bhiodh deiseil as t-fhoghar. Bha Miss Robinson agus na tidsearan eile air clàr-ama a chur ri chèile gus am biodh rudan rin cur agus rim buain a h-uile mìos, agus fiù 's tro na làithean-saora fada bhiodh na sgoilearan – iadsan aig an robh ùidh sa ghnothach – a' tighinn a-steach airson an obair a chumail a' dol.

Fhad 's a bha an dithis bhalach ag obair, a' cumail aon sùil air Pòl agus iad taingeil gun robh esan aig ceann eile a' ghàrraidh, bha Murchadh air a bhith ag innse do Thormod mun turas aige a chèilidh air antaidh is uncail is a cho-oghaichean air tìr-mòr. Bha uncail na mhinistear agus bha taigh mòr aca le bucais làn dhèideagan aig a cho-oghaichean agus rothairean ùra, agus prosbaig agus modailean itealain, agus thuirt e gun robh e fhèin agus Beathag air a dhol a mharcachd còmhla riutha, agus gun robh a cho-ogha Liz a' dol a dh'fhaighinn pònaidh airson a co-là-breith an-ath-bhliadhna.

Cha tuirt Tormod nach robh e ga chreidsinn. Is dòcha gun robh uncail Mhurchaidh beairteach, ach cha robh am ministear acasan sa bhaile seo beairteach idir. Bhiodh e a' dràibheadh timcheall an eilein ann an càr a bha a' tuiteam às a chèile agus bha an taigh aige dorcha agus gruamach agus fàileadh càil air feadh an àite uair sam bith a bha Tormod air a bhith ann. Choimhead e sìos air an t-sìol a bha iad a' cur. Dh'fhàsadh glasraich mhòr gharg asta, a lìonadh taigh a' mhinisteir le samh a leagadh each.

An uair sin choimhead Tormod suas, a shùil air a thàladh gu ceann a' ghàrraidh, far an robh duine àrd bàn na sheasamh a' coimhead air a' chloinn is iad a' cladhach is a' cur is a' sgioblachadh. Agus choimhead an duine seo air Tormod ann an dòigh a chuir crith troimhe, agus thionndaidh am balach beag airson innse do Miss Robinson gun robh cuideigin an sin a' feitheamh, agus is dòcha ag iarraidh bruidhinn ri tidsear, ach bha ise trang a' bruidhinn ris a' chlann-nighean, agus nuair a choimhead e a-rithist cha robh am fear bàn ri fhaicinn tuilleadh.

Bha Murchadh fhathast a' bruidhinn mun turas aige. 'Agus chaidh sinn a-mach gu biadh dà thuras,' thuirt e, 'agus a dh'fhaicinn film agus dhan phàirc a tha seo far am bi thu a' dràibheadh troimhe agus tha beathaichean fiadhaich air gach taobh dhìot agus chan eil e ceadaichte uinneagan a' chàir fhosgladh air eagal 's gun tèid do bhìdeadh. Agus bidh na muncaidhean a' leum air a' chàr agus nuair a thig thu dhan gheata tha fear ann le bata mòr airson an sguabadh air falbh, no rachadh iad troimhe dhan achadh far a bheil na leòmhainn agus rachadh an ithe sa mhionaid. Agus aig an deireadh fhuair mi fhìn leòmhann agus fhuair Beathag muncaidh sa bhùth.'

Bha fios aig Tormod gun robh seo fìor co-dhiù, oir bha Murchadh air an dèideag aige a thoirt a-steach airson aithris a thoirt don chlas mu na rinn e air a làithean-saora. Cha robh Tormod agus a mhàthair a-riamh air a bhith air làithean-saora. Cha robh aig Tormod ri innse dhan chlas ach na rinn e còmhla ri Ruairidh, a' cèilidh air a' bhodach san t-seada aige agus a' biathadh Thomasina. Ach bha e air claigeann na luchaig a thoirt a-steach a shealltainn dhaibh, agus bha e air innse dhaibh, mar a bha Ruairidh air innse dhàsan, gun robh cnàmhan lucha cho sùbailte 's gum b' urrainn dhi a bodaig fhaighinn tro tholl sam bith a bha mòr gu leòr airson a cinn. Bha Miss Robinson air a mholadh airson aithris cho inntinneach, ach bha i air Murchadh a mholadh cuideachd, agus a h-uile duine sa chlas.

B' fheàrr le Tormod nach biodh Murchadh a' bòstadh mun teaghlach aige, ach air an làimh eile bha e a' faireachdainn duilich air a shon, oir bha e air athair a chall agus bu chòir dhut truas a shealltainn do dhìlleachdan, ach... ach... Cha robh Tormod cinnteach dè bh' ann a bha a' cur dragh air no ciamar a chuireadh e na smuaintean aige ann an òrdugh. Cha robh athair aigesan nas motha, ach cha robh e air athair a chall. Is ann dìreach nach robh athair a-riamh air a bhith aige. Ach feumaidh gun robh. Dh'fheumadh e faighneachd mu dheidhinn.

Màiri Anna ghrànda agus galar nan ceàrd

AN OIDHCHE UD dh'inns a mhàthair stòiridh ùr dha, chan ann a-mach à leabhar ach às a mac-meanmna fhèin, no às a' bheul-aithris, no à badeigin.

'O chionn fhad' an t-saoghail bha nighean bheag a' fuireach ann am baile beag air eilean beag, còmhla ri a màthair agus a h-athair ann am bothan air iomall a' bhaile. Cha robh bràithrean no peathraichean aice ach bha caraidean aice sa bhaile agus cha robh i aonaranach.'

'Dè an t-ainm a bh' oirre?' dh'fhaighnich Tormod.

'Is e… uill, nach can sinn gur e Màiri Anna an t-ainm a bh' oirre.'

'Nach can sinn? Nach eil thu cinnteach?'

'Is e stòiridh a th' ann. Dh'fhaodamaid ainm eile a thoirt oirre ma tha thu ag iarraidh.'

Bha seo coltach ris an sgeulachd a bha Ruairidh air innse mu dheidhinn Iain – mas e Iain an t-ainm a bh' air – am fear a chaidh a ghlacadh leis a' phrasgan agus a chur air bòrd na luinge.

'Ceart. Màiri Anna, ma-tà.'

'Uill, cha robh Màiri Anna àrd no beag, cha robh i glic no gòrach, cha robh i bòidheach no grànda. Cha robh i ach àbhaisteach, agus bha a h-uile duine an dùil gum biodh beatha àbhaisteach aice, gum fàsadh i suas, gum pòsadh i agus gum biodh teaghlach aice fhèin aon latha. Agus cha robh dùil aig Màiri Anna fhèin gum biodh dad sònraichte a' tachairt na beatha.

'Ach aon latha, nuair a bha i mu dheich bliadhna a dh'aois, thàinig cuideigin tron bhaile. Ceàrd a bh' ann, a bha a' reic diofar rudan, agus an teaghlach robach aige na chois, seachdnar aca, bhon bhalach a b' aost' aig còig bliadhn' deug sìos chun na tè a b' òige nach robh fhathast a' coiseachd, agus dùil aca ri leanabh eile. Ged a dh'inns muinntir a' bhaile don chloinn aca gun a bhith a' falbh a chluich le clann a' cheàird, cha robh pàrantan Màiri Anna aig baile nuair a thàinig iad agus mar sin cha d' fhuair i an rabhadh seo. Nach ann a bha i air a slighe dhachaigh bho thaigh a banacharaid nuair a thachair i ris an nighinn luidich a bha seo, mun aon aois rithe fhèin, na seasamh air oir an rathaid agus coltas oirre gun robh i air a slighe a chall. Thòisich iad a' bruidhinn agus dh'iarr Màiri Anna air an nighinn a thighinn a-steach còmhla rithe airson glainne bùirn is grèim bidhe.

'Cha robh iad air a bhith a-staigh ach còig mionaidean nuair a thill màthair Màiri Anna, agus i air a dubh-nàrachadh gun robh an tè òg a bha seo anns an taigh aice gun chuireadh.'

'Ach bha Màiri Anna air cuireadh a thoirt dhi,' arsa Tormod.

'Is i a bha, ach cha robh còir aice sin a dhèanamh,' fhreagair a mhàthair. 'Oir cha robh i eòlach oirre agus cha robh i eòlach air dol-a-mach nan ceàrd nas motha. Bha i ro òg is neoichiontach, agus cha robh fios aice dè seòrsa cron a dhèanadh iad, oir bha droch chliù aca airson a bhith a' goid is a' poidseadh agus cha robh na daoine deusanta a' gabhail gnothach riutha ach ann am fìor èiginn. Cò a chreideadh gun robh tè dhiubh sa chidsin aice ag òl is ag ithe?

'Uill, chuir màthair Màiri Anna an ruaig air an nighinn

a bha seo agus fhuair Màiri Anna trod uabhasach. Thug a màthair oirre a h-uile rud sa chidsin a ghlanadh, agus an sèithear air an robh an nighean air a bhith na suidhe a ghlanadh trì tursan air eagal 's gun robh i air a thruailleadh le… le… galar air choreigin. Dh'fhaighnich i an robh an tè luideach seo air a làmhan a chur air rud sam bith eile san taigh. Cha robh, thuirt Màiri Anna is an t-eagal mòr oirre. Cha robh i air a bhith ann an seòmar sam bith eile san taigh ach an cidsin agus cha robh i air beantainn ann an dad sam bith eile ach an sèithear, am bòrd agus an copan às an robh i ag òl. Nigh màthair Màiri Anna an copan sin aon uair eile agus dh'iarr i air a nighinn gun a bhith ag innse do a h-athair gun robh ceàrd air a bhith san taigh. Chumadh iad an nàire seo eatarra agus bhiodh a h-uile rud ceart gu leòr.

'An ceann leth-uair a thìde thill athair Màiri Anna agus cha tuirt an nighean no a màthair guth mun tè a bha air a bhith anns an taigh aca. Chaidh Màiri Anna dhan leabaidh an oidhche ud a' faireachdainn ciontach, a chionn 's gun robh i air rudeigin a dhèanamh a bha ceàrr agus air caothach a chur air a màthair, agus a chionn 's gun robh i air am peacadh seo a chumail dìomhair bho h-athair.

'Chaidh latha no dhà seachad agus dh'fhalbh an ceàrd agus a theaghlach. Cha robh mòran dhaoine sa bhaile air a bhith deònach poit no spàin a cheannach, ach bha tuathanach deich mìle air falbh a bha ag iarraidh luchd-obrach airson am buntàta a thogail agus fhuair an teaghlach gu lèir obair an sin. Cha do smaoinich muinntir a' bhaile mu dheidhinn a-rithist agus chùm iad a' dol mar a b' àbhaist. Cha robh e fada gus na dhìochuimhnich Màiri Anna mun nighinn eile agus mun trod a fhuair i.

'Ach madainn Diluain an ath sheachdain cha robh i a' faireachdainn cho math. Bha a ceann aotrom agus cha robh i ag iarraidh a bracaist, ach shaoil i gum fàsadh i na b' fheàrr tron latha. Ach meadhan na maidne is i san sgoil bha e follaiseach nach robh i todaidh. Chaidh fios a chur air a màthair agus chaidh Màiri Anna a chur dhachaigh air eagal 's gun glacadh a' chlann eile an cnatan cuideachd. Chuir a màthair dhan leabaidh i le dà phlaide a bharrachd agus iomadh copan teatha milis, agus shaoil i gum biodh i ceart gu leòr gun dàil. Ach cha robh i. Ged a bha i a' faireachdainn na b' fheàrr air an Diciadain thuirt an dotair gum biodh e glic a cumail aig an taigh fad na seachdaine agus gun tigeadh e a shealltainn oirre a-rithist Dihaoine. Agus nuair a thàinig e mu dheireadh thall, mu thrì uairean feasgar air an latha mu dheireadh den t-seachdain-sgoile, thuirt e gun robh i slàn a-rithist agus gum b' urrainn dhi falbh am measg a caraidean, agus cha b' e ruith ach leum a bh' aig Màiri Anna, a bha air a dòigh gun robh cothrom aice a bhith a' cluich a-rithist.

'Thuirt cuid aca, is iad a' tarraing aiste, nach robh i air a bhith tinn idir ach gun robh i math gu leòr air cleasachd airson seachdain fhaighinn far na sgoile, agus gur dòcha gum feuchadh iad fhèin ris an dearbh rud a dhèanamh uaireigin, agus bha spòrs aca fad feasgar Dihaoine agus fad madainn Disathairne.

'Ach an uair sin, aig àm diathaid Disathairne, mhothaich a màthair do rudeigin air craiceann Màiri Anna. Broth dearg a bha air a h-amhaich agus a lethcheann, agus an ceann leth-uair a thìde bha e cuideachd timcheall air a beul. Dè bha i air ithe? An robh a caraidean air dad annasach a thoirt dhi ri òl? An robh iad air a bhith sa ghàrradh a' trusadh dhearcan puinnseanta? Cha robh fios aig Màiri Anna dè a dh'adhbhraich seo, oir bha iad air a bhith a' cluich dìreach mar a bu dual.

'Cha do cheadaich a màthair dhi falbh a-mach

a-rithist. Chaidh a cur air ais dhan leabaidh agus dh'iarr iad air an dotair tilleadh a choimhead oirre a-rithist, ach chuala iad gun robh e trang ann an sgìre eile agus gun tigeadh e a-màireach.

'Nuair a thill an dotair às an sgìre ud, b' e an naidheachd a bu mhiosa a bh' aige. Bha teaghlach air air tuathanas deich mìle air falbh uile a' fulang leis a' ghalar bhreac, galar air leth cunnartach air nach robh leigheas. Anns a' mhionaid thuig màthair Màiri Anna gur e nighean a' cheàird, an nighean bheag shalach ud, a bha air an galar a thoirt do Mhàiri Anna. Bha fios aig Màiri Anna cuideachd, agus nan robh i a' faireachdainn ciontach air an latha a thachair i rithe, nuair a fhuair i trod airson creutair salach mar sin a thoirt a-steach gun chead, cha robh an ciont a bha sin a' tighinn faisg air a' chiont a bha i a' faireachdainn a-nis.'

'Ach carson a bha i a' faireachdainn ciontach? Cha robh fios aice gun robh an galar seo air an nighinn eile?' arsa Tormod.

'Tha fios agam, m' eudail, ach uaireannan bidh sinn a' faireachdainn ciontach air adhbharan nach eil uile gu lèir a' dèanamh ciall.' Choimhead Peigi air a mac, is e cho neoichiontach is làn iongnaidh agus chuir i ceist oirre fhèin carson a bha i ag innse na sgeulachd seo dha, oir is e sgeulachd eagalach a bh' ann, ach bha i air tòiseachadh a-nis agus bha an sgeul air a shlighe fhèin a lorg. Cha b' e an sgeulachd seo a bha fa-near dhi nuair a thòisich i. Bha i a' dol a dh'innse dha mu na thachair nuair a bha Màiri Anna na bu shine, ach bha i air tòiseachadh aig an toiseach gus am biodh a' phàirt sin den sgeulachd a' dèanamh ciall agus a-nis bha i air galaran uabhasach agus gràin an aghaidh nan ceàrd a thogail – gun fhiosta dhi fhèin ann an dòigh – agus dh'fheumadh i na cuspairean sin a mhìneachadh dha ann an dòigh a thuigeadh e. Cha robh i airson 's gum biodh esan a' toirt breith air daoine nach buineadh dhan choimhearsnachd. Màthair leatha fhèin a' togail a mic gun athair. Is iad a bha eòlach air suidheachadh nan ceàrd, is a h-uile sùil orra san eaglais is a h-uile teanga a' sgaoileadh fhathannan mun deidhinn ann an oifis a' phuist. Ach cha b' urrainn dhi tionndadh air ais no stad ann am meadhan na sgeulachd, oir b' e an sgeulachd fhèin a bha ga treòrachadh, ga slaodadh air ais tro bheatha Màiri Anna. Uaireannan, shaoil Peigi, bidh sinn ag innse sgeulachdan air adhbharan nach eil uile gu lèir a' dèanamh ciall.

Cha robh i air tòiseachadh aig an fhìor thoiseach, ge-tà, ach càit an robh an fhìor thoiseach? Nuair a rugadh Màiri Anna, nuair a phòsadh a pàrantan. Airson an sgeulachd gu lèir innse dh'fheumadh i mìneachadh carson nach robh clann eile aca, ciamar a rinn iad beòshlaint', cò às a thàinig iad agus cò às a thàinig am pàrantan agus na pàrantan acasan. Cha ghabhadh sin a dhèanamh. Dh'fheumadh tu dìreach àite san sgeulachd a thaghadh agus innse dhut fhèin gur e sin an toiseach, agus gun robh an t-àite sin cho math ri àite sam bith eile.

'Uill, sgaoil an galar breac air feadh a' bhaile agus dh'fhàs tòrr dhaoine tinn, agus fhuair cuid aca bàs. Chuala màthair Màiri Anna gun do mharbh an galar clann a' cheàird, a h-uile duin' aca, agus a bhean cuideachd, 's gun do dh'fhàg e fhèin an sgìre agus an t-eilean airson a dhol gu àite fada air falbh far am faigheadh e air beatha ùr a thòiseachadh. Chuala cuid a dhaoine sa bhaile, às dèidh nam bliadhnaichean mòra, gun do rinn an ceàrd imrich a dh'Ameireagaidh, far an do dh'fhàs e beairteach is a phòs e a-rithist agus a thog e ceathrar eile de theaghlach. Thuirt iad gun do thachair e ri fear às a' bhaile, a bha cuideachd a' feuchainn ri beatha ùr a dhèanamh san dùthaich thall, 's gun do chuir e iongnadh mòr air an duine seo gun robh fear cho beairteach a' bruidhinn ris sa chànan aige fhèin, oir cha do dh'aithnich e idir e. Ach bha cuimhne aig a' cheàrd air an duine eile, a bha air obair a dhiùltadh dha san t-seann dùthaich agus nach robh deònach na poitean is na spàinean aige a cheannach. Rinn an duine a bha seo a dhìcheall cuimhneachadh cò bh' ann. Cuideigin bhon eaglais? Bhon sgoil? À sgìre eile air an eilean? Agus cha do smaoinich e idir gur e ceàrd salach air an robh e air mallachd a chur sna seann làithean a bha a-nis comasach air obair a thoirt dha, no a dhiùltadh dha. Ach mar a tha an Fhìrinn ag ràdh, "tha mòran air thoiseach a bhios air dheireadh; agus air dheireadh a bhios air thoiseach".'

Cha robh Peigi cinnteach carson a bha i air seo a ràdh. Thàinig e thuice gun sireadh, gun iarraidh. Cha robh i fhèin cho dèidheil air muinntir na h-eaglaise, ach bhiodh teaghlaichean charaidean Thormoid a' dol ann agus bha i ag iarraidh gum biodh e a' faireachdainn nas cofhurtaile sa choimhearsnachd na bha i fhèin, ach bha e follaiseach nach robh e a' tighinn thuige cho nàdarra, mar a bha do chuid, agus gum biodh coltas air gun robh e ag amharc fad às agus inntinn air rudeigin eile. Bha an fheadhainn eile a' faicinn sin cuideachd. Na leadaidhean san eaglais, pàrantan nan sgoilearan. Uaireannan bha i dìreach airson togail oirre agus tòiseachadh a-rithist ann am baile ùr far nach robh duine sam bith eòlach orra, i fhèin agus a mac, gun eachdraidh, gun slaic, gun droch chliù. Sin na rinn an ceàrd san sgeulachd – sgeulachd a chuala i na h-òige, agus chaidh innse dhi gun robh e fìor, ach thairis air na bliadhnaichean le bhith ga h-aithris uair is uair agus le bhith ga cluinntinn aig diofar dhaoine le rudan beaga diofraichte gach turas, cha robh i cinnteach dè bha fìor tuilleadh agus dè bha air a dhèanamh an-àird.

Ach cha b' urrainn dhi Tormod a thoirt air falbh

bhon bhaile seo. Cha robh e eòlach air dad eile, agus dè thachradh nan tilleadh athair 's nach gabhadh sgeul a lorg orra? Cha robh i an dùil gun tachradh sin, ge-tà. Agus cha robh e cho dona an seo. B' urrainn dhi fathannan a' bhaile a ghiùlan, agus fhad 's a bha Ruairidh ann, agus teaghlach Morna agus Miss Robinson, bha caraidean aca nach biodh a' toirt breith.

'Chan eil mi a' tuigsinn,' arsa Tormod. 'An duine seo a chaidh a-null thairis, dè an ceangal a th' aige ri Màiri Anna?'

'Tha mi duilich, m' eudail,' thuirt Peigi ris, agus chunnaic i gun robh am balach beag uabhasach sgìth. 'Chaidh mi air seachran agus cha robh mi ag innse na sgeulachd mar bu chòir. Cha robh mi ach airson innse gun do chaill an ceàrd a theaghlach dhan ghalar bhreac. Na dh'èirich dha às dèidh làimh, sin agad stòiridh airson latha eile.

'Ach Màiri Anna bhochd, dh'fhàs i slàn a-rithist, no cho slàn 's a dh'fhaodadh i fàs, ach bha am broth air a dhol am miosad agus bha builgeanan mòra grànda air làraich uabhasach fhàgail air a h-aodann. Thuirt mi gur e nighean àbhaisteach a bh' innte, is nach robh i àrd no beag, bòidheach no grànda, glic no gòrach, ach a-nis bha e cho duilich coimhead oirre 's gum biodh daoine a' tionndadh air falbh bhuaipe. Thuirt an dotair gun robh i fortanach gun tàinig i troimhe beò, ach cha robh i a' faireachdainn fortanach. Bha i a' faireachdainn grànda, ciontach, salach, agus bhiodh an t-uallach seo oirre fad a beatha, mar chomharra air an rud ghòrach a rinn i, ag iarraidh air nighean a' cheàird a thighinn dhachaigh còmhla rithe.

'Cha do dh'inns i a-riamh do a h-athair no do dhuine sam bith eile sa choimhearsnachd gur ann mar sin a thàinig an galar a-steach dhan bhaile, agus cha do dh'inns a màthair nas motha. Mhair an rud seo eatarra, gan ithe le ciont is dìomhaireachd, agus shil a màthair iomadh deur a' smaoineachadh air cho bòidheach 's a bha Màiri Anna air a bhith, agus nach robh iad a-riamh air seo innse dhi.'

'An ann bho nighean a' cheàird a thàinig an galar, ge-tà, a Mhamaidh? Is dòcha gun deach iad gu taighean eile cuideachd, no gun do bruidhinn iad ri cuideigin eile.'

'No gur e cuideigin eile a thug a-steach e, oir bhiodh daoine a' tighinn agus a' falbh fad an t-siubhail,' thuirt Peigi, moiteil à Tormod is an dòigh a bha e a' ceasnachadh is a' sgrùdadh na chaidh innse dha. 'Cò aige a tha fios. Thachair e bho chionn fhada a-nis.'

'An galar breac. A bheil thu ga ghlacadh bho bhith ag ithe breac?'

Uaireannan, ge-tà, dh'fhaodadh a cheasnachadh a bhith rud beag ro shìmplidh.

'Chan eil idir. Breac ùr às an abhainn, chan eil biadh eile cho fallain ris. Ach an galar seo, bhiodh e a' fàgail leithid Màiri Anna le craiceann breac. Sin as adhbhar. Agus chan eil e mun cuairt tuilleadh. Lorg iad banachdach air a shon bho chionn... uill, bho chionn bhliadhnaichean mòra a-nis, agus sna làithean-sa chan eil an galar ann tuilleadh. Chuir na dotairean às dha agus tha sinn fortanach gun do chuir.

'Ach Màiri Anna, uill nuair a thòisich mi air an sgeulachd seo bha mi a' dol a dh'innse dhut mun t-seinn aice, oir cha robh guth cho binn a-riamh aig boireannach òg. Ged nach robh i glic no gòrach, àrd no beag, neo-àbhaisteach ann an dòigh sam bith, b' e sin an rud a bh' aice agus an t-adhbhar a tha i fhathast ainmeil ann an eachdraidh a' bhaile seo.

'Ach tha mi a' faicinn gu bheil thu sgìth, a Thormoid. Fàgaidh sinn a' phàirt seo den sgeulachd gu oidhche eile.'

Fathann sa bhùth

'CO-DHIÙ CÒIG BLIADHNA,' thuirt an dàrna cailleach. 'No sia, is dòcha, no barrachd. Dè an aois a tha am balach ud a-nis?'

'Agus dè thachair?' dh'fhaighnich a' chailleach eile.

Trì latha san t-seachdain bhiodh màthair Mhurchaidh ag obair sa bhùth. Chanadh daoine, mar a chanadh iad an-còmhnaidh mun teaghlach aice, cho math 's a bha i air an obair, cho modhail, cho dòigheil a dh'aindeoin cho cruaidh 's a bha a beatha bho chaill i an duine aice. Ciamar a bha i ga dhèanamh, ag obair pàirt-ùine agus ag àrach na cloinne brèagha ud, Murchadh agus Beathag, is iad fhèin cho modhail is cho còir?

Ged a bha màthair Thormoid ag obair còig latha san t-seachdain a' cutadh is a' glanadh èisg san fhactaraidh, cha d' fhuair ise a-riamh moladh de sheòrsa.

Is gann gun robh Murchadh air Tormod fhàgail bhon latha ud a bha iad ag obair ann an lios na sgoile. Cha robh e air dragh a chur air Tormod an toiseach ach bha e a' fàs rud beag sgìth dheth a-nis, oir bha Murchadh mar bhàirneach is chan fhaigheadh e cuidhteas e. Bha na leadaidhean san eaglais air briosgaid a bharrachd a thoirt do Thormod air an t-Sàbaid, ge-tà, agus bha e an dùil nach biodh iad air sin a dhèanamh mura robh Murchadh ri thaobh. Agus bha a mhàthair air an càirdeas ùr seo a bhrosnachadh, oir cha dèanadh e cron sam bith air a chliù, no air a cliù-se, nam biodh na daoine a bha air a bhith a' coimhead sìos orra bho rugadh e a' tionndadh gu beachd eile… nan robh e cho sìmplidh sin.

Cha robh Morna air a bhith cho toilichte, ge-tà, agus bha Tormod air feuchainn ri a toirt a-steach cuideachd, a' faighneachd am biodh e ceart gu leòr nan tigeadh ise an ath thuras a rachadh iad a chluich aig taigh Mhurchaidh, ach cho luath 's a bha e air faighneachd bha e a' faireachdainn nach bu chòir dha. Cha robh e ceart gum biodh aoigh a' toirt cuireadh a bharrachd do dh'aoigh eile.

'Chuala mi gur ann air an oidhche a thàinig e, agus chan ann air a' bhàt'-aiseig far an aithnicheadh daoine e ach air bàt'-iasgaich, a thàinig gu acarsaid fada gu deas, agus gun tàinig e an uair sin air carbad nan daoine a bha a' càradh an rathaid. Mar sin, ma tha daoine a' cumail a-mach nach do thill e idir, 's e as coireach nach robh e ag iarraidh gum biodh fios aig duine sam bith gun robh e air ais.'

Bha Murchadh agus Tormod nan suidhe air cùl a' chùirteir eadar a' bhùth agus an stòr. Bha an cùirtear air a dhèanamh a-mach à pìosan fada plastaig, dearg is buidhe is gorm, agus nuair a dh'fhosgail cuideigin doras na bùtha no an doras cùil, no an dà dhoras aig an aon àm, bhiodh na riobanan a' dannsadh sa ghaoith. Ach an-dràsta bha an dà dhoras dùinte agus bha màthair Mhurchaidh aig ceann eile na bùtha a' feuchainn ri lorg fhaighinn air rudeigin nach b' urrainn do na leadaidhean seo fhaicinn air na sgeilpichean.

Cha robh fios aig na boireannaich a bha seo gun robh dithis bhalach beaga ag èisteachd ris a' chòmhradh aca, còmhradh a bha air a bhith a' dol aca air an t-slighe a-steach agus cha robh iad air toiseach na sgeulachd aca a chluinntinn.

'Agus an deach e a chèilidh air athair idir?'

dh'fhaighnich an tèile.

'Cha deach idir. Bhiodh e air innse dhuinn nan robh, nach biodh? Tha fios agam nach esan an seòrsa duine a tha a' bruidhinn a-mach mu na tha a' dol na bheatha phearsanta, ach shaoileadh tu gum biodh e air rudeigin a ràdh nan robh a mhac air tilleadh.'

'Shaoileadh, ach cuimhnich nach b' àbhaist do Ruairidh a bhith cho annasach na dhòigh 's na dhol-a-mach 's a tha e na làithean seo. Nuair a bha e fhathast ag obair, nuair a bha a bhean beò, nuair a bhiodh e fhathast a' tighinn dhan eaglais. Aidh, tha e air a bhith cruaidh air, mar a thachair dhan bhalach aige.'

Bha màthair Mhurchaidh a' tilleadh. Chuala iad a sàilean air na taidhlichean agus a guth socair. 'Seo sibh a-nis, a Chiorstaidh. Tha mi duilich a bhith cho fada. Bha e aig cùl na sgeilpe ud, agus is e seo an tiona mu dheireadh a th' againn, ach cuiridh mi òrdugh a-steach airson barrachd.'

'Och, m' eudail. Tha thu cho math dhuinn,' thuirt a' chailleach ann an guth meallta milis anns nach b' urrainn do Thormod earbsa sam bith a chur. Bha e cus, an dòigh san robh na leadaidhean seo a' bruidhinn ri màthair Mhurchaidh. Cha b' e fìor thruas a bh' aca rithe is ri a teaghlach. Ge bith cò air a bha iad a' bruidhinn an-dràsta, bha e an amharas gum biodh iad a' bruidhinn mu dheidhinn a' Bh-ph NicRàth cho luath 's a bha iad air a' bhùth fhàgail.

'Cò air a bha iad a-mach?' dh'fhaighnich Murchadh. 'Am fear a bha seo a thill dhan bhaile cho seòlta air an oidhche, cha tuirt iad cò bh' ann. Cha do dh'ainmich iad duine sam bith ach Ruairidh, ach cò tha sin? Tha Ruairidh ann an clas mo pheathar.'

'Ro òg,' thuirt Tormod. 'Thuirt iad gun robh obair agus bean aig an Ruairidh seo.'

'Tha uncail Ruairidh aig Pòl Mòr, a tha a' dràibheadh a' bhus.'

Ach bha fios aig Tormod cò bha san Ruairidh air an robh na leadaidhean a' bruidhinn. Fear nach robh ag obair tuilleadh. Bean nach robh beò tuilleadh. Mac a dh'fhalbh is nach do thill.

Mar a thill Iain às na h-Innseachan

BHA NA SAIGHDEARAN deiseil a-nis, a h-uile fear dhiubh air am peantadh gu snasail is sreathan dhiubh air a' bhòrd ann an cidsin Ruairidh. Bha màthair Thormoid air faighneachd an robh e airson Murchadh a thoirt leis a dh'fhaicinn Ruairidh, nan robh a' Bh-ph NicRàth deònach.

'Is dòcha gun còrdadh e ri Murchadh a bhith a' cluich leis na saighdearan mu bheil mi air uiread a chluinntinn,' thuirt Peigi ris. Ach bha rudeigin an taobh a-staigh Thormoid a bha ag innse dha gun a bhith ag iarraidh air Murchadh an obair aca fhaicinn. Na saighdearan, agus na sgeulachdan mu dheidhinn nan saighdearan, bha sin eadar Tormod agus Ruairidh. Agus Thomasina, a bha a' coimhead orra an-dràsta agus coltas oirre gun robh i an impis leum suas agus an taisbeanadh a mhilleadh.

'Thalla,' thuirt Ruairidh rithe. 'Chan eil an cat leisg ud air gluasad fad na maidne, agus a-nis tha i a' maoidheadh am blàr-cogaidh againn a sgrios. Gssss!' Aig an fhuaim seo thionndaidh Thomasina agus dh'fhàg i an seòmar, a' toirt an droch shùil air an dithis aca san dealachadh.

Bha Ruairidh air na leabhraichean eachdraidh aige a sgrùdadh airson blàr a ghabhadh ath-chruthachadh air a' bhòrd no air làr an t-seòmair-suidhe, ach aig a' cheann thall bha e air a thighinn chun a' cho-dhùnaidh gun robh Tormod ro òg fhathast airson aire a chumail air gach ceum den t-sabaid. B' urrainn do Ruairidh sin a dhèanamh leis fhèin air an oidhche, a' leantainn nam mapaichean, a' gluasad nam feachdan mun cuairt, a' smaoineachadh air na cogaidhean ud anns nach robh e fhèin an sàs agus air ciamar a bhiodh iad a' faireachdainn, an fheadhainn a chaidh ann.

An-dràsta, ge-tà, b' ann airson spòrs a bha na figearan beaga, gus an dèanadh Tormod na sgeulachdan aige fhèin an-àird leotha, agus chaidh dà uair a thìde seachad is e gan cur ann an cruthan annasach agus gan leagail le iomadh 'pow, pow, trrrrrrrrr, kvssshhh', a rinn cinnteach nach tilleadh Thomasina ann an cabhag. Bhiodh i an-ceartuair air an leabaidh a' gabhail fois agus a' tilgeil a cuid fhionnaidh air cluasagan Ruairidh.

Bha e fa-near do Thormod ceistean a chur air Ruairidh mu a mhac agus mar a chaidh e dhan arm, agus a bhith gan cur ann an dòigh a bhiodh a' dearbhadh an ann mu dheidhinn Ruairidh a bha an dà chailleach sa bhùth air a bhith a' bruidhinn, ach bha spòrs cho math aige leis na saighdearan gun deach na ceistean a-mach à inntinn buileach glan, agus b' ann air an t-slighe dhachaigh a thàinig e a-steach air gun robh e air na ceistean cudromach seo a chur an dìochuimhn'.

An rud eile a thug buaidh air cuimhne Thormoid, 's e gun robh sgeulachd ùr aig Ruairidh, no an dàrna pàirt den sgeulachd a thòisich e bho chionn greiseag, mu dheidhinn Iain – mas e Iain an t-ainm a bh' air ann an da-rìribh – a chaidh a thoirt am bruid leis a' phrasgan agus a dh'fhalbh an aghaidh a thoil is e a-nis na mharaiche anns a' Chabhlach Rìoghail.

'Tha e doirbh dhuinn san latha an-diugh smaoineachadh air a' chruaidh-chàs a dh'fhuiling iad, na seòladairean ud, aig muir fad bhliadhnaichean, agus fiù 's nuair a ruigeadh iad port ann an dùthaich chèin cha robh cead aca an long fhàgail air eagal 's gum biodh iad a' ruith air falbh. Is e tràilleachd a bh' ann. O seadh, gheibheadh iad pàigheadh aig a' cheann thall, ach dh'fheumadh iad feitheamh dà bhliadhna air a shon, is fhad 's a bha iad a' seòladh nan cuantan bhiodh galaran cunnartach ma sgaoil is rachadh iad an sàs ann an cogaidhean agus dh'fhaodadh rud sam bith a dhol ceàrr air a' bhàta. Bhiodh iad fortanach nan tilleadh iad gu tìr idir.

'A dh'aindeoin sin, ge-tà, bhiodh cuid a dhaoine a' dol air ais gu deònach, fiù 's daoine a chaidh a ghlacadh mar a chaidh Iain. Dhaibhsan, is dòcha, bha e na b' fheàrr a bhith a' siubhal agus a' faicinn nan seallaidhean annasach na bhith a' tilleadh gu na seann thrioblaidean aca aig an taigh. Thathas ag ràdh gum bi am muir a' faighinn grèim ort mar sin, mas e sin an seòrsa duine a th' annad. Chan eil e a' freagairt air a h-uile duine, ach tha sinn uile eòlach air cuideigin mar sin, cuideigin nach eil uair sam bith aig fois agus a dh'fheumas siubhal air adhart. Chanadh na seann mharaichean gun robh sàl nan cuislean an àite na fala. Tha fios againn nach eil sin fìor – nan gabhadh an gearradh chitheadh tu an fhuil luath gu leòr – ach b' e siud a chanadh iad co-dhiù.

'Ach cha robh Iain airson turas eile a ghabhail air bòrd na luinge a bha seo. Fad dà bhliadhna gu leth bhiodh e a' bruadar gach oidhche air an dachaigh aige, a bhean a' feitheamh air gun sìon a dh'fhios aice càit an deach e agus carson. Bha e an dòchas gum biodh na nàbaidhean ga cuideachadh. Saoil an robh iad air faighneachd mu dheidhinn sa bhaile? Bhiodh iad air cluinntinn gun robh e ag òl san taigh-òsta. Is dòcha gum biodh cuideigin air an sporan aige a lorg, ach mura faigheadh iad lorg air Iain fhèin dè bhiodh iad a' smaoineachadh? Gun do dhìobair e a theaghlach agus gur e bleigeard gun mhoraltachd a bh' ann. No gun deach a mhurt, is dòcha.

Ach nan robh iad ciallach, chitheadh iad dè bha air tachairt. Bhiodh sgeulachdan ma sgaoil mun phrasgan a' dol mun cuairt air an oidhche ud. Cha robh co-dhùnadh eile ann a dhèanadh ciall. Is dòcha gum biodh a bhean air litir a sgrìobhadh chun an riaghaltais, ag iarraidh air an rìgh an duine aice a chur dhachaigh. Is dòcha gum biodh i air iarraidh air an duin'-uasal dha robh Iain ag obair litir a sgrìobhadh le iarrtas nach gabhadh diùltadh, oir nach robh e fior gun robh na h-uaislean uile eòlach air a chèile agus deònach fàbharan a dhèanamh nach dèanadh iad airson daoine suarach àbhaisteach mar Iain agus a bhean.

'Mu dheireadh thall, thill iad dhan dùthaich seo, chan ann dhan bhaile san deach Iain a thoirt am bruid ach do phort eile nas fhaide gu deas, ach fhuair e a phàigheadh 's a shaorsa agus bha e toilichte a bhith tioram air tìr a-rithist. Chuir e a chas chlì air an talamh agus an uair sin a chas dheas, agus abair faireachdainn neònach a bh' ann gun a bhith a' gluasad. Bha a cheann na thuaineal, mar a bha e nuair a chaidh e air a' bhàta airson a' chiad uair, ach bha e cho toilichte nach robh e air a' bhàta mhallaichte ud tuilleadh gun do thòisich e a' coiseachd, clì, deas, clì, deas, cugallach an toiseach agus an uair sin gu misneachail. Thòisich e a' gàireachdainn, thog e a ghàirdeanan dhan iarmailt agus dh'èigh e, "Is beannaichte Dia nan gràs a tha air mo stiùireadh gu sàbhailteachd, mar a threòraich e Clann Israeil tron fhàsach." Thuit e air a ghlùinean, chuir e a dhà làimh air an talamh, chrom e sìos agus thug e pòg don staran air an robh iomadach seòladair air coiseachd air an t-slighe dhachaigh.'

'Urgh, bhiodh sin salach,' arsa Tormod.

'Bhitheadh gu dearbh,' fhreagair Ruairidh, 'ach bha e coma, oir bha e cho toilichte a bhith air ais san dùthaich aige fhèin. Chuir e roimhe litir a sgrìobhadh gu a bhean gus am biodh fios aice gun robh e a' tighinn dhachaigh gun dàil.

'Thàinig seòladair eile far an robh e an uair sin, fear a bha air a bhith còrr air deich bliadhna aig muir agus a bha cleachdte ris, agus cleachdte cuideachd ri dol-a-mach nan daoine air an deach seirbheis sa chabhlach a sparradh. Shìn e a làmh a dh'ionnsaigh Iain agus dh'iarr e air seasamh. "Tiugainn, 'ille," thuirt e. "Bidh tìde agad fhathast airson ùrnaighean. An-dràsta is e a tha a dhìth ort ach drama mòr ruma." Agus dh'fhalbh iad le chèile gu taigh-òsta faisg air a' chidhe agus chuir iad seachad an latha air fad ag òl agus a' bruidhinn mu na bha iad a' dol a dhèanamh a-nis.'

'Nuair a dhùisg Iain sa mhadainn, cha robh fios aige càit an robh e, oir bha e ann an leabaidh ann an seòmar nach robh a' gluasad – agus cuimhnich, a Thormoid, gun robh e cleachdte ri bhith ann an hamag air bòrd long. Ach nuair a dh'fheuch e ri èirigh thòisich an seòmar a' cur nan caran is shuidh e sìos a-rithist. Bha e air fada cus òl – rud nach eil idir glic, a Thormoid. Tha thusa ro òg a bhith eòlach air an fhaireachdainn ud, ach innsidh mi dhut an-dràsta, chan eil e càilear.

'Uill, dh'èirich e mu dheireadh thall, ged a bha a h-uile ball de a bhodhaig ga phianadh, agus chaidh e sìos an staidhre, far an robh luchd-frithealaidh an taigh-òsta a' cur an àite ann an òrdugh. Bha a charaid bhon bhàta air falbh agus cha robh sgeul air gin de sheòladairean na h-oidhche-raoir. Chunnaic am boireannach aig an robh an taigh-òsta e, is e na sheasamh an sin is coltas air gun robh e air chall. Chuir e a làmh na phòcaid agus bha e na fhaochadh dha gun robh airgead fhathast aige, ged a bha gu leòr dheth air a chosg mar-thà, agus dh'fhaighnich e don bhoireannach dè a' phrìs a bh' ann airson a chuid-oidhche. Dh'inns i dha agus thug e dhi na bha a dhìth is dh'fhalbh e, a' cur mallachd air fhèin gun robh e air an uiread deoch-làidir a ghabhail.

'Bha tè an taigh-òsta air a dòigh, oir bha e air pàigheadh airson an t-seòmair aige dà thuras, air an oidhche agus anns a' mhadainn. Na seòladairean seo, dh'fhaodadh iad a bhith duilich an làimhseachadh uaireannan, agus bha fear dhiubh air cas a' bhùird a bhriseadh a-raoir, ach taing don amadan a bha seo b' urrainn dhi a chàradh gun trioblaid. Bha i dìreach an dòchas nach robh e air an seòmar fhàgail ann an staid ro shalach.'

'Cha robh sin onarach, an robh?' ars am balach beag.

'Cha robh idir, a Thormoid, ach sin mar a tha cuid a dhaoine. Am boireannach ud, ag obair ann am baile far am biodh daoine a' tighinn agus a' falbh a h-uile latha, bha fios aice gun robh e furasta a bhith a' gabhail brath air daoine mar Iain, agus sin a rinn i.

'Bhruidhinn Iain ri diofar dhaoine sa bhaile, a' feuchainn ri faighinn a-mach dè an dòigh a b' fhasa a bhith a' siubhal gu tuath. Bhiodh cuid a dhaoine ga sheachnadh, a' coimhead air ann an dòigh nach robh a' còrdadh ris, agus thuig e gur ann a chionn 's gun robh aodach cho robach agus fhalt agus fheusag cho fada nach robh coltas tlachdmhor air. Mar sin, chaidh e gu bearradair airson cliop, agus gu bùth a bha a' reic seann aodaich aig prìsean saora, far an d' fhuair e lèine, briogais agus còta, oir cha robh an fheadhainn a bha e air a bhith a' cosg ach luideach. Bha brògan a dhìth air cuideachd agus bha e fortanach gun robh paidhir aig an duine sa bhùth seo a bha dìreach ceart dha, agus nuair a thàinig e a-mach agus a choisich e air an t-sràid a-rithist cha robh muinntir a' bhaile a' coimhead sìos air tuilleadh. Bhruidhinn e ri cuid aca agus dh'inns iad dha dè an t-slighe a bu chòir dha gabhail.

'Ach bha e air a' mhadainn air fad a chaitheamh san leabaidh agus am feasgar air fad a chaitheamh a' lorg aodach ùr. Bha an t-acras air agus cha robh e airson tòiseachadh air an sgrìob aige am beul na h-oidhche. Mar sin chaidh e gu taigh-òsta – àite nas fheàrr na 'n taigh-òsta san robh e leis na seòladairean eile – agus dh'fhuirich e an sin ach cha do dh'òl e ach bùrn is teatha, agus chuir e roimhe am baile fhàgail sa mhadainn.'

'Tha rudeigin ag innse dhomh nach do dh'fhàg e am baile, ge-tà,' thuirt Tormod.

'A-ha, nach tu a tha glic. Ach cuimhnich, a Thormoid, gu bheil iomadh car an lùib eachdraidh sam bith, agus is ann mar sin a tha eachdraidh Iain. Sna seann làithean nuair a bhiodh na longan mòra ud fo sheòl a' lorg beairteas ann an dùthchannan cèin, bhiodh iad a' cur cuideigin gu mullach a' chrainn agus b' e an obair a bh' aig an duine ud a bhith a' cumail faire, a' coimhead airson sealladh sam bith air eilean no oirthir no talamh sam bith eile a bha ri fhaicinn. Bhiodh iad air àird a' chuain fad sheachdainean, ge-tà, agus mura robh na mapaichean aca ceart no nan robh droch thìde air an cur far na slighe cha b' urrainn dhaibh a bhith cinnteach an robh iad faisg air an dùthaich air an robh iad ag amas. Gu math tric, tha mi cinnteach, bhiodh am fear-faire a' smaoineachadh gun robh e air costa dùthaich ùr fhaicinn ach bha e air a mhealladh. Is ann mar sin a tha sgeulachdan cuideachd. Bidh thu a' smaoineachadh gu bheil rudeigin air faire, oir tha e cho soilleir, ach aig a' cheann thall chì thu nach robh ann ach mealladh-sùla, no gur e sgeir bheag a th' ann, nuair a bha dùil agad ri mòr-thìr.'

Bha Tormod a' fàs mì-fhoighidneach a-nis. Bha Ruairidh math air sgeulachdan – cha robh duine na b' fheàrr – ach nuair a thòisicheadh e air sgeulachdan mu dheidhinn sgeulachdan, is mu dheidhinn nàdar sgeulachdan, dh'fhàsadh am balach beag sgìth dheth gu math luath. Chunnaic Ruairidh nach robh aire Thormoid air an sgeulachd tuilleadh, oir bha e a' togail nan saighdearan a-rithist, gan cur ann an sreathan mar a bha iad mus do thòisich iad air a' chogadh aca.

'Tillidh mi gu sgeulachd Iain, ma-tà,' thuirt Ruairidh. 'Tha thu ceart, a bhalaich. Cha robh e a' dol a thilleadh dhachaigh gun trioblaid, agus seo na dh'èirich dha.'

Chuir Tormod na figearan beaga sìos, aire air Ruairidh a-rithist.

'Bhruidhinn e an ath mhadainn ri iasgair anns a' bhaile ud, a dh'inns dha gun robh e a' fàgail gun dàil agus dùil aige a cur a-steach aig acarsaid leth-cheud mìle gu tuath, agus gum biodh e deònach Iain a thoirt air bòrd còmhla ris. Uill, ghabh Iain an cothrom seo, oir bha fios aige gum biodh e dà latha no trì a' coiseachd agus cha b' urrainn dha pàigheadh airson each, agus nan rachadh e còmhla ris an iasgair bhiodh e na b' fhaisge air a' cheann-amais aige an ath latha. Mar sin, chaidh e air bòrd a' bhàt'-iasgaich sa mhionaid, ach nuair a bha iad air am port fhàgail thàinig e a-steach air nach robh e air litir a sgrìobhadh gu a bhean. Ach cha robh e gu cus diofar. Bha i air a bhith a' feitheamh gu foighidneach fad dà bhliadhna gu leth – no bha e an dòchas gun robh i air a bhith a' feitheamh ris – agus nan robh i a' feitheamh dà latha eile cha dèanadh sin cron. Bha e fiù 's a' smaoineachadh gum biodh e math tilleadh gun rabhadh, gun litir a chur ag ràdh gun robh e air a shlighe dhachaigh, agus na inntinn chunnaic e h-aodann – an t-iongnadh a bhiodh oirre, a' ghàire a bhiodh eatarra, an gàirdeachas a dhèanadh iad, agus a dhèanadh a' choimhearsnachd gu lèir, nuair a bhiodh e aig baile a-rithist.

'Bhruidhinn e ris na h-iasgairean air an oidhche, ag innse dhaibh na rudan a chunnaic e thall anns na h-Innseachan agus ann an eileanan tropaigeach a' Chuain Shèimh. Na h-eòin annasach, na leumadairean a' bhiodh a' snàmh ri taobh na luinge. Rinn e sgeulachdan an-àird airson gàire a thoirt orra, ach b' e fìrinn na cùise nach robh Iain air mòran de na rudan seo fhaicinn le a shùilean fhèin. Mar a thuirt mi, bha feagal air na daoine a bha os cionn nan seòladairean gum falbhadh iad sa mhionaid nan robh iad gan leigeil ma sgaoil sna diofar àiteachan dhan deach iad, agus bha Iain agus na tràillean suarach eile air a bhith air bòrd no am broinn na luinge ud a bha mar phrìosan dhaibh fad an t-siubhail.

'Fhad 's a bha e ag innse nan sgeulachdan seo dha na h-iasgairean, thàinig smuaint ùr gu inntinn Iain, gun robh e air iomadh rud fhaicinn ach aig an aon àm nach robh e air mòran fhaicinn idir, agus gun còrdadh e ris a bhith air ais anns na dùthchannan blàth ud agus saorsa aige a bhith a' coimhead air na bailtean is na daoine is air an t-saoghal ioma-dhathte mu am biodh cuid de na seann mharaichean a' bruidhinn. Na margaidhean, na teampaill, na maighdeannan bòidheach air an èideadh ann an dathan soilleir le seudan is òr. Fhad 's a bha na smuaintean seo a' ruith tro inntinn laigh ciont air a chridhe, oir bha e a' tilleadh gu a bhean agus cha bu chòir dha a bhith a' smaoineachadh air càil eile, agus cha bu chòir dha a bhith ag innse bhreugan dha na h-iasgairean càirdeil seo.'

'Cha b' e breugan a bh' annta,' arsa Tormod. 'Chuala e na sgeulachdan seo bho na seòladairean eile. Chan eil e ceàrr a bhith ag innse sgeulachd a-rithist.' Cho luath 's a bha na facail seo air a thighinn a-mach às a bheul, thuig Tormod carson a bhiodh Ruairidh cho tric a' bruidhinn mu dheidhinn sgeulachdan agus nàdar sgeulachdan. Nach robh e fhèin ris an aon chleas an-dràsta?

'Tha mi a' smaoineachadh, a Thormoid, gur e an rud a bha a' cur dragh air Iain gun robh roghainn aige, eadar an fhìrinn agus a' bhreug, agus ann a bhith ag innse nan rudan seo do na h-iasgairean bha e a' dol thairis air na bha e a' dol a dh'innse do a bhean agus do na daoine air an robh e eòlach san t-seann bheatha aige. Fhios agad, nuair a tha thu a' ceannach aodach ùr, feumaidh tu fheuchainn ort gus am bi fios agad a bheil e a' freagairt ort. Is ann mar sin a bha sgeulachdan Iain an oidhche ud.

'Is nuair a ràinig iad an acarsaid, dhealaich Iain bho na h-iasgairean le iomadh facal cridheil, is bha e taingeil a bhith nas fhaisge air a' bhaile aige fhèin. Cha b' e baile mòr san robh e a-nis, ach baile beag iomallach às an robh e doirbh a bhith a' siubhal ach ann am bàta, agus fhuair e a-mach gur e slighe gharbh a bh' ann a bhith a' ruigsinn an rathaid mhòir gu tuath. Bhiodh e na b' fheàrr, thuirt muinntir a' bhaile ris, a bhith a' feitheamh airson cothrom eile siubhal air bòrd bàta, agus san eadar-àm gum biodh iad deònach rùm a chur air dòigh dha san aon taigh-òsta a bha ann. Bha e trì latha sa bhaile ud, a' pàigheadh airson seòmar beag salach agus ag ithe sgadan a h-uile oidhche, ach mu dheireadh thall chuala e gun robh sgioba eile air an t-slighe gu tuath. Cha robh na h-iasgairean seo idir cho dòigheil ris a' chiad sgioba, ge-tà, agus cha ghabhadh iad ris ach nam pàigheadh e airgead dhaibh. Bha Iain ann an staing agus cha robh cothrom aige air. Mar sin chaidh e còmhla riutha agus bha iad trì latha aig muir ann an tìde nas miosa na rud sam bith a chunnaic Iain san dà bhliadhna gu leth air cuantan mòra na cruinne.

'Nuair a ràinig iad an cala ann am baile meadhanach mòr bha Iain air leth taingeil a bhith air ais ann an àite far an robh taighean agus sràidean agus seirbheis puist, oir bha e air a bhith air ais san dùthaich seo fad còrr is seachdain a-nis agus cha robh e fhathast air litir a chur gu a bhean. Bha an t-acras mòr air cuideachd, oir cha robh na h-iasgairean spìocach ud air mòran bidhe a thoirt dha, agus bha e seachd sgìth. Chaidh e gu taigh-òsta far an do ghabh e suipear mhath agus dh'iarr e air fear an taighe pàipear a thoirt dha gus an sgrìobhadh e a litir. Cha bhiodh e glic, shaoil e, a bhith a' tilleadh gun rabhadh. Bha e airson a bhith cothromach, oir dh'fheumadh a bhean rudan a chur ann an òrdugh agus cha robh e airson feagal a chur oirre, a' nochdadh mar thaibhse às dèidh ùine cho fada. Mar sin, sgrìobh e litir shìmplidh, ag ràdh rithe nach robh latha air a dhol seachad nach do smaoinich e mu deidhinn ach gun robh e a-nis air a shaoradh agus air a shlighe dhachaigh agus gun robh e an dòchas gum biodh i a' feitheamh ris. Agus sin ceist eile. Dè dhèanadh e mura robh i a' feitheamh ris? Nan robh i a' smaoineachadh gun robh e marbh? Nan robh i air fear eile a phòsadh?

'Is ann air na ceistean seo a bha Iain a' meòrachadh nuair a thàinig duin'-uasal a-steach dhan taigh-òsta. B' e àite deusanta a bha san taigh-òsta seo, nas cosgaile na bha Iain deònach pàigheadh air a shon, ach bha e air deagh bhiadh fhaighinn agus uisge teth airson e fhèin a nighe, nì a dh'fhàg e a' faireachdainn tòrr na b' fheàrr. Cha chanadh tu gun robh coltas beairteach air, ach bha e math gu leòr airson a cheann a chumail an-àird am measg nan daoine cliùiteach a bhiodh a' dol ann. Mar sin, nuair a thàinig an duin'-uasal seo a-steach, dè chunnaic e ann an Iain ach duine a bha an ìre mhath spaideil na shuidhe leis fhèin agus aire air an litir a bha e a' sgrìobhadh. Cuimhnich, a Thormoid, sna seann làithean cha robh comas sgrìobhaidh aig a h-uile duine, ach bha e follaiseach gur e duine foghlaimte a bh' ann an Iain agus thàinig am fear eile a bhruidhinn ris.

'Chaidh an còmhradh air ais agus air adhart. Thuirt Iain gun robh e air a bhith thall thairis agus gun robh e air a shlighe air ais a dh'fhaicinn a mhnatha. Cha tuirt e gun robh e air a bhith na sheòladair an aghaidh a thoil. Air adhbhar air choreigin cha robh e den bharail gum biodh e glic a bhith a' leigeil fhaicinn dha charaid ùr gun deach a ghlacadh leis a' phrasgan no gun robh e air a bhith cho mòr fo bhuaidh na dibhe gun deach a sporan a ghoid san taigh-òsta a bha siud sa bhaile aige fhèin. Seach sin, dh'inns e dha mu na h-eileanan blàtha, na maighdeannan àlainn agus na rudan annasach a chunnaic e thall sna h-Innseachan, ged nach robh e air am faicinn idir, agus cheannaich am fear eile botal fìon eile, agus an uair sin dramaichean ruma, agus mus robh fios aig Iain dè bha a' tachairt bha iad air a' chuid bu mhotha den oidhche a chaitheamh ag òl agus a' gàireachdainn. Is ged a bha leabaidh shuas, is i air a pàigheadh, bha e fhathast aig a' bhàr aig meadhan-oidhche còmhla ris an duine a bha seo.

'Nise, is e marsanta beairteach a bha san duine seo, agus bha e an impis bàta-bathair a chur a-null a dh'Ameireagaidh. Cha bhiodh e fhèin a' dol ann, tuigidh tu, oir bha obair gu leòr ri dhèanamh san oifis aige, a' ceannach agus a' reic gun a bhith a' faicinn a' bhathair fhèin uair sam bith, agus mar sin bha e a' cur feum air daoine ciallach anns an cuireadh e earbsa airson an stuth aige a thoirt gu sàbhailte do na bailtean fad às, agus a bhith a' toirt air ais tombaca agus siùcar agus iomadh rud eile nach fhàsadh san dùthaich seo. Agus uaireigin às dèidh uair sa mhadainn, thabhainn an duine seo obair do dh'Iain mar chaiptean air long a bha gu bhith a' seòladh an ath sheachdain.'

Bha sùilean Thormoid làn fhosgailte. Cha b' ann mar seo a bha e a' sùileachadh a dheigheadh slighe na sgeulachd idir.

'Ach dè mu dheidhinn a dhol dhachaigh? Dè mu dheidhinn a bhean?'

'Chan eil fhios agam dè bha a' dol tro inntinn aig an àm sin, a Thormoid,' fhreagair Ruairidh. 'Bha e air a bhith ag ionndrainn a mhnatha fad ùine cho mòr, ach dè bha e a' dol a dh'innse dhi nan tilleadh e thuice? An fhìrinn? Gun robh e cho gòrach 's gun deach a ghlacadh leis a' phrasgan? Gun robh e air a bhith na phrìosanach air long an rìgh fad dà bhliadhna gu leth gun a bhith a' faicinn gin de na mìorbhailean a bha a-muigh an sin san t-saoghal? Ach nan rachadh e air an turas seo às leth a' mharsanta, bhiodh saorsa aige, agus deagh thuarastal. Am pàigheadh a fhuair e bho chionn seachdain, cha mhòr nach robh e air a chosg mar-thà, agus mus ruigeadh e am baile aige fhèin bhiodh a phòcaidean falamh a-rithist. Ach mar seo, sia mìosan, os cionn sgioba air bòrd a' bhàta aige fhèin, thilleadh e na dhuin'-uasal, bhiodh a bhean cho moiteil às agus b' urrainn dha beatha nas fheàrr a dhèanamh dhaibh. Bha e fhathast òg. Dh'fhaodadh seo a bhith na chothrom math dha. Mìos no dhà a' seòladh, mìos no dhà aig an taigh. Bha ìomhaigh den bheatha ùr seo a' tighinn ri chèile na mhac-meanmna, agus chòrd e ris.

'Cha robh teagamh aige tuilleadh. Rachadh e a dh'Ameireagaidh. Cha do dh'inns e don mharsanta nach robh e eòlach air obair-stiùiridh bàta ach mar sheòladair àbhaisteach. Bha e air gu leòr de na cleasan a bh' aig na h-oifigearan fhaicinn agus bha e cinnteach gun ionnsaicheadh e na sgilean a bhiodh a dhìth air gun trioblaid.

'Thairis air na làithean eadar sin agus an latha a

dh'fhalbh am bàta, chosg Iain na bha air fhàgail den tuarastal aige air aodach a bhiodh freagarrach do chaiptean agus air an rùm aige san taigh-òsta. Agus thug e soraidh slàn don mharsanta uasal a bha air an cothrom air leth seo a thoirt dha agus chuir e roimhe An Cuan Siar agus a' bhoidse gu Ameireagaidh.

'Ach nuair a bha searbhant san taigh-òsta a' glanadh a sheòmair às dèidh dha seòladh, lorg i an litir a bha e air sgrìobhadh gu a bhean, air a dùnadh le cèir agus a seòladh sgrìobhte oirre. Chaidh i gu fear an taighe leis an litir agus chuir esan air falbh i, cinnteach gun robh e air a bhith fa-near do dh'Iain a cur, oir nach robh e air pàipear iarraidh air a' chiad oidhche a bha e a' fuireach ann, agus coltas air aig an àm sin gun robh e ann an cabhaig fios cudromach a chur gu cuideigin... dhan bhoireannach seo ann am baile fada gu tuath, a h-ainm sgrìobhte cho soilleir air a' phàipear? Bha fear an taigh-òsta tuilleadh is deònach an litir a chur air falbh às leth Iain, a bha air a bhith gu math fialaidh fhad 's a bha e còmhla riutha.'

Peigi air a' fòn

CHA BHIODH AM fòn a' seirm uabhasach tric. Uaireannan bhiodh Peigi ag ràdh nach robh iad a' cur feum air telefòn agus gun robh iad a' pàigheadh cus airson loidhne nach robh iad a-riamh a' cleachdadh. Ach uaireannan bha e feumail. A' cur fios dhan sgoil nuair a bha Tormod tinn leis a' ghriùthraich, mar eisimpleir. Mura robh fòn aca bhiodh aice ri a mac fhàgail is falbh dhan taigh as fhaisge orra – no dhan taigh as fhaisge orra far am biodh daoine deònach a cuideachadh, oir cha robh an nàbaidh as fhaisge a' smaoineachadh gun robh Peigi airidh air taic sam bith. Smaointich! Leatha fhèin leis a' pheasan bheag ud a bhiodh a' ruith mun cuairt is e cho borb. Ach dè eile a bhiodh tu a' sùileachadh nan robh fios agad ciamar a thachair e, fhios agad? Agus b' e nighean cho ciallach a bh' innte aig aon àm. Nach ann oirre a thàinig an dà latha!

Seadh, bha am fòn air a bhith feumail uaireannan, agus mar sin chùm Peigi a' pàigheadh an loidhne fòn. Ach 's ann glè ainneamh a bhiodh daoine a' fònadh thuice. Cò bha a' dol a dhèanamh sin, a bharrachd air màthair Morna, agus a-nis màthair Mhurchaidh? Bha e math gun robh caraid ùr aig Tormod. Balach cuideachd. Cha robh càil ceàrr air Morna mar charaid dha, agus abair gur e nighean shnog a bh' innte, ach bha fios aig Peigi gun tigeadh an latha – agus nach robh an latha sin ro fhada air falbh – nuair a bhiodh beachd gu tur eadar-dhealaichte aig Tormod mu dheidhinn chaileagan, ach bha i air dragh a ghabhail mun duilgheadas a bh' air a bhith aige a' togail càirdeas leis na balaich eile. An gille ud Pòl, cha robh ann ach burraidh, agus cha bhiodh a' bhurraidheachd a' fàs na b' fheàrr nan robh e a' ruith mun cuairt leis a' chlann-nighinn fad an t-siubhail. Aidh, bha Murchadh na bhalach modhail. Agus, shaoil Peigi, bha cliù aig a' Bh-ph NicRàth am measg leadaidhean na h-eaglaise, agus cha dèanadh e cron air cliù Peigi fhèin nan robh a mac-se na charaid do mhac boireannach a bha a h-uile duine sa bhaile a' faicinn mar bhan-naomh.

Nuair a bha Murchadh agus Tormod a' cluich sa ghàrradh na bu thràithe, bha Peigi cinnteach gun robh i air an nàbaidh a b' fhaisge fhaicinn a' coimhead a-mach tro uinneag a' chidsin aice. Uill, shaoil i, dè cho suarach 's a tha mi a-nis, is mo mhac a' cluich còmhla ris a' bhalach MacRàth?

Ach bha fios aice cho caochlaideach 's a dh'fhaodadh clann a bhith. Cha robh Tormod air a bhith deònach na saighdearan beaga luaidhe a shealltainn do Mhurchadh agus cha robh fios aice carson, oir bha e air a bhith a' bruidhinn mun deidhinn fad trì seachdainean. Rudeigin mun cheangal eadar e fhèin agus Ruairidh. Bha Ruairidh air a bhith mar athair agus seanair dha. Is beag an t-iongnadh ged nach biodh e deònach balach eile a leigeil a-steach air a' chàirdeas sin. Is dòcha gun robh Tormod – gun fhiosta, bha i cinnteach – a' feuchainn ri Ruairidh a chumail dha fhèin, agus carson nach bu chòir dha a bhith ga ghleidheadh? Bha teaghlach timcheall air Murchadh. Seadh, bha e air athair a chall, ach bha bràithrean is peathraichean aig a dhithis phàrantan, agus am pàrantan fhathast beò cuideachd, dà ghranaidh is dà sheanair do Bheathag agus Murchadh beag, agus lìonra na coimhearsnachd a' gabhail truas riutha. Cha robh aig Tormod ach Peigi fhèin is Ruairidh is Morna, agus an diùideachd sin a bha cho follaiseach.

I fhèin as coireach. Nan robh cùisean air a bhith diofraichte. Nan robh muinntir a' bhaile nas fheàrr air moladh na càineadh, nas luaithe mathanas a thoirt do dhaoine a bha air tuiteam. Nan robh i fhèin dàna gu leòr bruidhinn air ais, no gun a bhith a' bruidhinn riutha idir, a' sealltainn dhaibh gun robh i coma mu na fathannan 's na beachdan suarach aca, seach mar a rinn i, a' faireachdainn ciontach is lag, a' gèilleadh fo bheum na coimhearsnachd, a' gabhail ris gun robh i fhèin air a dhol ceàrr. Nan robh, nan robh, nan robh.

Nuair a sheirm am fòn an oidhche ud, chuir e iongnadh air Peigi. Cò bhiodh airson bruidhinn rithe air an oidhche? Bha Tormod san leabaidh. Cha b' e màthair Mhurchaidh no Morna a bhiodh ann. Chan ann mu dheidhinn a h-obrach a bhiodh e nas motha. Àireamh cheàrr, is dòcha.

Thog i am fòn. 'Halò?'

Cha do bhruidhinn duine air ais.

'Halò? Cò th' ann?'

Bha guth beag an cùl a h-inntinn ag innse dhi gun robh cuideigin aig ceann eile na loidhne. Uaireannan bhiodh na loidhnichean a' dol tarsainn a chèile. Nuair a bha i sa bhùth an latha roimhe chuala i Ciorstaidh Bhàn a' gearan gun do thachair e trì tursan air an aon latha, gun do thog i am fòn agus duine nach robh airson bruidhinn rithe idir aig a' cheann eile. B' e a nàbaidh a bha iad a' sireadh. Trì tursan! Ach nach robh iad a' càradh nan uèirichean, thuirt a companach – tè de na leadaidhean spaideil. Sin as adhbhar. Thug iad na loidhnichean às a chèile agus cha robh iad air an cur air ais san òrdugh cheart. Feumaidh gur e sin a bh' ann.

Cha robh Peigi air càil a ràdh riutha. Dh'èist i agus

chùm i a' dol a' trusadh nan crogan a bha i a' dol a cheannach, agus choisich i seachad orra suas chun a' chuntair, far an do bhruidhinn i ri màthair Mhurchaidh ann an dòigh chàirdeil, ag ràdh gun tigeadh Murchadh chun an taighe aicese airson a theatha còmhla ri Tormod an-ath-oidhch', agus fios aice gum b' urrainn do na leadaidhean eile a h-uile facal a chluinntinn. Agus air an t-slighe a-mach choisich i seachad air Ciorstaidh Bhàn agus thuirt i, 'Madainn mhath,' ann an guth milis modhail, agus nach robh Ciorstaidh agus a companach mar dà throsg lem beul fosgailte. Bha barrachd na na loidhnichean fòn ceàrr nan robh Peigi agus Anna nan caraidean, agus am balach modhail ud Murchadh a' cluich leis an ragadair balaich ud Tormod.

Rinn Peigi gàire bheag rithe fhèin is i a' dùnadh doras na bùtha.

Ach cha robh càil ceàrr air an loidhne, bha fios aice. An duine air an loidhne, bha e air fònadh thuice a dh'aona ghnothaich. Bha i cinnteach às a sin.

'Halò?' thuirt i a-rithist, ach cha chuala i guth air ais. Anail? An e fuaim analach a bha siud?

'Alasdair?' thuirt i.

Chaidh am fòn a chur sìos aig a' cheann eile, ach chùm i grèim air a' fòn aice fhèin. 'Alasdair,' thuirt i a-rithist, ged a bha fios aice nach b' urrainn do dhuine sam bith a cluinntinn.

Air taobh a-muigh an dorais, bha Tormod ag èisteachd, na shuidhe air an staidhre, a' feuchainn ri òrdagan a choise a phutadh tron chlòimh bhuig a bha a mhàthair air cur ris na brògan boga aige airson an leudachadh. Cha robh e cinnteach dè bha air a dhùsgadh. Oidhche eile ag èisteachd ri fuaimean an taighe, ris a' ghleoc, ris an uisge san tanca, ris a' ghaoith a-muigh is na cailleachan-oidhche – no an robh iad sin na mhac-meanmna a-mhàin?

Dhèanadh deoch bhainne a' chùis. Bha e an amharas gum biodh a mhàthair fhathast air a cois, a' coimhead an telebhisein, a' fighe geansaidh eile dha. Bha i air fear ùr a thòiseachadh, a bha gorm is uaine agus pàtran air. Cha bhiodh màthraichean Mhurchaidh no Morna a' dèanamh aodaich dhaibh, ach bha a mhàthair-sa sgileil le a làmhan. Bha na brògan boga math cuideachd, ged a bha a chasan a' fàs cho luath nach maireadh iad ach beagan sheachdainean mus biodh e a' cur feum air paidhir ùr. Bha e moiteil às a mhàthair, ach a dh'aindeoin sin bha e air na brògan boga a chur am falach nuair a thàinig Murchadh a chluich. Gheibheadh Murchadh brògan ùra uair sam bith a bha e gan iarraidh. Dè chanadh e nam faiceadh e gun robh màthair Thormoid a' càradh a h-uile ball-aodaich a bh' aige uair is uair airson sgillinn no dhà a bharrachd a shàbhaladh? A' smaoineachadh air seo a-nis, cha robh Tormod cinnteach carson a bha seo a' cur nàire air, no carson a bha an dà rud a' cur nàire air ann an dòighean eadar-dhealaichte – nach robh iad beairteach gu leòr airson rudan ùra a cheannach, agus nach robh esan moiteil gu leòr a bhith ag aideachadh gun robh a mhàthair comasach air na brògan boga aige a shìneadh a-mach airson airgead a shàbhaladh?

Bha e air a shlighe sìos an staidhre nuair a chuala e am fòn. Stad e agus dh'èist e, agus ghabh e iongnadh cò bh' ann an Alasdair.

Cailleach an Tobair

'CHAN EIL FHIOS air stàth an tobair gus an tràigh e. Sin an seanfhacal,' arsa Ruairidh. 'Agus tuigidh tu carson a tha mi ag ràdh sin, tha mi an dòchas.'

Bha a' ghrian a' deàrrsadh ann an sùilean Thormoid agus nuair a choimhead e suas air Ruairidh cha robh e cinnteach an robh fiamh a' ghàire air aodann a' bhodaich. Uaireannan bha sgeulachdan èibhinn aig Ruairidh ach bho chionn ghoirid cha robh iad air a bhith cho èibhinn. Iain aig muir agus a bhean fhathast a' feitheamh ris aig an taigh, mar eisimpleir. Bha e air iarraidh air Ruairidh deireadh na sgeulachd seo innse dha ach cha chanadh am bodach ach gun robh sgeul eile aige ri innse an-diugh, agus gun tilleadh iad gu eachdraidh Iain a-rithist.

'Aig an àm sin, bha cùisean sa bhaile troimh-a-chèile, a rèir muinntir na sgìre,' arsa Ruairidh, 'air sgàth na bha a' tachairt anns an t-saoghal mhòr – atharrachaidhean mòra a thàinig an lùib a' chogaidh, agus na daoine òga a' falbh agus a' cur cùl ris an eilean.

'Ach nuair a chanas mi "a rèir muinntir na sgìre", bhiodh e na b' fheàrr dhomh a bhith ag ràdh "a rèir an cuid sgeulachdan". Ma tha fìrinn anns an sgeul, tha mi an dòchas gun dèan sin a' chùis, oir chan eil duine an-diugh beò a bha mun cuairt aig an àm sin. Mura h-eil e fìor, uill… chan urrainn dhuinn sin a thomhas gus am bi sinn air an sgeul gu lèir innse agus a chluinntinn.

'Tha cuid a sgeulachdan sìmplidh. San t-seann nòs,

bidh toiseach agus crìoch orra, maith agus olc, agus teachdaireachd mhoralta ri lorg annta. Tha fhios agad fhèin air a sin, nach eil, a Thormoid?'

Bha deagh fhios aige air sin, is e a' fàs sgìth den chleas seo, a bhith a' tòiseachadh air sgeulachd agus anns a' mhionaid a bhith ga fàgail airson òraid a thoirt seachad air nàdar sgeulachdan. Mar bu thrice dhèanadh e ciall aig a' cheann thall, ach bha feagal air an-còmhnaidh nach biodh e a' tuigsinn an trup seo, ge bith dè an teachdaireachd a bha na chois. Is e tòimhseachan eile a bh' aig Ruairidh an-diugh, chan e sgeulachd shìmplidh. B' fheàrr le Tormod na sgeulachdan a b' àbhaist don bhodach a bhith ag innse dha nuair a bha e na b' òige – mu na balaich òga a chaidh air chall sa choille ghruamaich agus a' bhana-bhuidseach a thachair orra, no mun bhabùn a chaidh a ghlacadh ann am Borneo agus a thàinig a dh'fhuireach ann an Glaschu far an do dh'ionnsaich e pìobaireachd cho math 's gun d' fhuair e a' phrìomh dhuais aig a' Mhòd, no mun nighinn òig – a bha coltach ri Morna ann an iomadach dòigh – a ruith air falbh bhon taigh agus a chaidh gu Hollywood gu bhith na cleasaiche ann am filmichean ach a thill dhachaigh a chionn 's gun robh i ag ionndrainn a caraidean sa bhaile san d' rugadh i. Leis na bha Ruairidh air a ràdh ris mu dheidhinn moraltachd air cùl nan sgeulachdan, bha Tormod a-nis an amharas gun robh Ruairidh a' feuchainn ri leasan a thoirt dha gu socair, gun a bhith ag ràdh gum b' e siud a bha e a' dèanamh. Co-dhiù, dh'èisteadh e agus gheibheadh e a-mach.

'Bha airgead a dhìth air a h-uile duine,' arsa Ruairidh, 'agus dha na daoine òga bha tuarastal ceart agus fògradh air tìr mòr tòrr na bu luachmhoire na dualchas òrain agus dìth bidhe anns an eilean. Dh'fhalbh iad gu na bailtean mòra agus cuid aca a-null thairis, phòs iad, bha clann aca agus dh'fhuirich iad far an robh taigh is teaghlach is obair aca, agus is glè bheag dhiubh a thill chun an àite san d' fhuair iad àrach.

'Ged a bhiodh cuimhne aca air na seann sgeulachdan a chuala iad aig glùin am màthar, cha robh iad gan innse tuilleadh, agus an seo anns a' bhaile againn fhìn cha robh iad gan innse nas motha, oir cha robh ginealach ùr ann a dh'èisteadh riutha.'

Shaoil Tormod gur e rud brònach a bhiodh ann mura robh daoine ag innse no ag èisteachd ri sgeulachdan, oir cha robh càil eile a' còrdadh ris fhèin cho math ri sgeulachd – sgeulachdan Ruairidh, sgeulachdan a mhàthar agus cuideachd na sgeulachdan eile a chluinneadh e bho àm gu àm aig diofar dhaoine sa bhaile nuair nach robh fios aca gun robh e ag èisteachd.

'Bha Cailleach an Tobair gu sònraichte brònach,' arsa Ruairidh, 'oir bha ise air a bhith aig cridhe gach cèilidh, agus cha robh cèilidhean ann tuilleadh. Chan eil fhios agam an robh ceangal eadar an dà rud, ach nuair a thiormaich an seann tobar aig ceann taigh na cailliche, san t-samhradh fhada nuair a thog iad an rathad ùr tron bhaile, is ann a thiormaich sruth a cuid sgeulachdan cuideachd.

'Fad bhliadhnaichean bha i balbh. Cha chanadh i smid ri duine sa choimhearsnachd, agus ged a bha iad deònach a cuideachadh ann an dòigh sam bith a b' urrainn dhaibh, bha i airson a bhith leatha fhèin. Bha biadh aice, agus bùrn a thàinig tro na pìoban ùra, agus bha a slàinte math gu leòr ged a bha i aosta, agus mar sin leig iad leatha a dhol na h-aonaran.'

'Ach dè bha ceàrr oirre?' dh'fhaighnich Tormod Beag.

'Mar a chuala mis' e,' fhreagair Ruairidh, 's e gun robh a cridhe briste. Is urrainn do dhuine a bhith beò le cridhe briste – tha fios agam fhìn air sin – agus cha ghabh do chridhe a chàradh mar a ghabhas cnàmhan briste. Chan eil leigheas ann air a shon, ach bidh daoine a' cumail a' dol.'

Cha robh Tormod a' tuigsinn seo nas motha, oir ann an sgeulachdan eile, aig Ruairidh agus aig a mhàthair agus ann an leabhraichean, bhiodh daoine a' bàsachadh le bristeadh-cridhe. Cha bhiodh iad a' cumail a' dol mar a chùm Cailleach an Tobair.

'Sgrìobh cuideigin litir gu nighean na cailliche, a bha na banaltram sa bhaile mhòr, ag iarraidh oirre tilleadh, ach cha do thill. Bha Cailleach an Tobair gun adhbhar dòchais, gun adhbhar labhairt, gun adhbhar a bhith beò.

'Agus an uair sin thàinig am Bàrd Mòr. Is ann aig deireadh an fhoghair a thàinig e,' arsa Ruairidh, 'agus cha robh muinntir a' bhaile cinnteach cò às a thàinig e. À eilean air choreigin, shaoil iad, oir ged a bha blas a chainnt annasach, bha e follaiseach nach b' e Gall a bh' ann.

''S e am Bàrd Mòr a chanas daoine ris an-diugh, agus 's e a bha mòr. Is e Ruairidh Mòr a bhiodh aig daoine ormsa uaireigin nuair a bha mi òg is mo dhruim fhathast dìreach, ach cha bhithinnsa ach beag bìodach ri taobh a' Bhàird Mhòir a bha seo. Bha e na bu mhotha na duine eile a bha a-riamh anns a' bhaile, a rèir coltais. Àrd, tapaidh agus le falt ruadh agus feusag mhòr mholach air.'

'Agus an e bàrd mòr a bh' ann cuideachd?' ars am balach beag.

'Ah, is e sin a' cheist, m' eudail. Ceist a chuireas an duine glic. Càit an d' fhuair balach beag mar thu fhèin gliocas a leithid seo?' Agus rinn Ruairidh gàire.

'Chan eil fhios agam,' arsa Tormod.

'Ged nach eil, is e deagh cheist a th' agad, an e bàrd mòr a bh' ann cuideachd. Uill, ged a bha e mòr na phearsa cha chanainn-sa gun robh e mòr na bhàrdachd, oir cha robh bàrdachd no sgeulachd sam bith aige nach do ghoid e air daoine eile.'

'An e mèirleach a bh' ann?'

''S e, a bhalaich, nàdar de mhèirleach a bh' ann, gun teagamh. Ach seo ceist eile dhut, ma tha thu cho glic an-diugh. An e mèirleach a th' annad ma tha thu a' goid rudeigin anns nach eil duine sam bith eile a' faicinn mòran luaich?'

A-rithist, cha robh Tormod cinnteach. B' e mèirleach a bha air sporan Iain a ghoid san sgeulachd eile, agus is ann air sgàth sin a thòisich a thrioblaid. Bha e follaiseach gur e eucoir a bha sin, ach nan robh thu a' togail rudeigin nach robh luachmhor ach dhut fhèin, mar a dhèanadh Tormod nam faiceadh e slige bhrèagha air a' chladach…

Cha robh an sgeulachd a' dol mar a bha e an dùil. Bho chionn mionaid bha e an dùil gun robh Ruairidh a' dol a dh'innse dha mu na sgiorraidhean a bh' aig a' Bhàrd Mhòr, mar a sgrìobh e òran draoidheil agus gun do thachair e ri uilebheist uabhasach a shocraich e leis an òran seo, agus a-nis bha e a' feuchainn ri obrachadh a-mach an e mèirleach a bh' ann. Bhiodh sin a rèir dè a ghoid e.

'Dh'fhuirich e airson bliadhna. Tron gheamhradh chaidh e a chèilidh air a h-uile bodach anns a' bhaile, botal uisge-bheatha na phòcaid, agus dh'iarradh e orra na sgeulachdan aca innse dha. Agus dh'inns iad na sgeulachdan agus sheinn iad na h-òrain, agus dh'èisteadh am Bàrd Mòr riutha dìreach mar a tha thusa ag èisteachd riumsa an-dràsta, a Thormoid, ach cha do chuir e fhèin sgeul no òran ris a' chèilidh.

'Chòrd e ris na bodaich, saoilidh mi, na seann sgeulachdan aca innse a-rithist. Chuir iad fàilte air an duine mhòr leis a' bhlas-chainnt chèin agus air a' bhotal thaomach aige, agus chaith iad na h-oidhcheannan dorcha le seinn is seanchas mar a b' àbhaist dhaibh nuair a bha am baile fhathast beò agus an cuid chloinne aig an taigh.

'Agus tron latha bhiodh am Bàrd Mòr – agus cuimhnich, cha b' e am Bàrd Mòr a bh' aca air aig an àm sin, oir is ann an dèidh làimh a fhuair e am far-ainm sin – a' sgrìobhadh sìos nan òran ann an leabhar mòr dubh. Nan robh rann nach robh ceart na chuimhne, dh'iarradh e air na bodaich an t-òran sin a ghabhail a-rithist an ath oidhche, gus am biodh a h-uile facal aige, sgrìobhte san leabhar mhòr dhubh.'

'Nach e rud math a th' ann, ge-tà,' dh'fhaighnich Tormod, 'ma tha na h-òrain sgrìobhte sìos, gus an gabh an ionnsachadh le daoine eile?' Bha e a' smaoineachadh air Miss Robinson agus air a' bhàrdachd a bh' aca ri ionnsachadh san sgoil. Dh'fheumadh iad lethbhreac a dhèanamh, a' coimhead air an sgrìobhadh aicese air a' bhòrd agus ga chur sìos anns na leabhraichean sgrìobhaidh aca fhèin, agus air adhbhar nach robh Tormod a' tuigsinn bha e nas fhasa pìos bàrdachd a chumail nad inntinn nan dèanadh tu sin, oir na chuimhne bhiodh e fhathast a' faicinn nam facal, dorcha is glas air a' phàipear bhàn, ged a bha an leabhar a-nis dùinte agus e na sheasamh leis fhèin air beulaibh nan sgoilearan eile ag aithris na bh' aca ri ionnsachadh.

'Ceist mhath eile,' arsa Ruairidh. 'Ach cò leis a tha iad, na h-òrain sin? Leis na bodaich a ghabh iad san taigh-chèilidh, no leis a' choigreach òg a bha gan sgrìobhadh sìos cho seòlta?'

Cha robh freagairt aig Tormod air a' cheist seo.

'Cuimhnich, a Thormoid, thuirt mi gum feumadh tu a bhith faiceallach, agus nach bu chòir dhut earbsa a chur ann an sgeul nach eil fìor.'

'Tha cuimhne agam, ach chan eil mi a' tuigsinn.'

'Uill, tillidh sinn fhathast gu ceistean earbsa agus fìrinn, agus tha mi an dùil gun tuig thu mi gun dàil. Ach mus tèid mi air adhart leis an sgeul seo, tha rabhadh eile ri chur an lùib a' chuspair, agus is e sin gum bu chòir do dhaoine a bhith faiceallach cò dha a tha iad ag innse an cuid sgeulachdan. Na bodaich a bha sin, biodh iad a' seinn gun sgur, ach gun fhiosta dhaibh bha am Bàrd Mòr a' goid an cuid òrain orra mean air mhean.

'Agus seo sinne, mise ag innse na sgeulachd dhutsa, agus chan eil fhios agam dè nì thu leis. Tha mi an dòchas nach dèan mise cron san innse no thusa cron san ath-innse san àm ri teachd.'

Bha Tormod air chall a-nis. Cha robh seo coltach ris na sgeulachdan eile aig Ruairidh idir, idir.

'Ach cha robh duine ann airson an rabhadh seo a thoirt do na bodaich, agus iad ag innse nan seann sgeulachdan agus a' seinn nan seann òran oidhche as dèidh oidhche tron gheamhradh dhorcha ud. Agus nuair a thàinig an t-earrach, bha iad air a h-uile sgeul a bh' aca innse agus bha am botal a bh' aig a' Bhàrd Mhòr falamh mu dheireadh thall.'

'Agus dè thachair an uair sin?'

'Bha am botal falamh, agus cha robh an leabhar mòr dubh aige làn, ach bha e airson a lìonadh, agus mar sin chaidh e a chèilidh air na cailleachan airson na sgeulachdan acasan a chluinntinn, ach cha robh sin cho furasta.'

'On a bha iad ro thrang a' dèanamh sgonaichean?'

Rinn Ruairidh gàire mhòr. 'Aidh, sin a bhiodh Marsaili agus Ciorstaidh Bhàn agus Eilidh Mhoireasdan a' dèanamh, tha mi cinnteach. Eadar sin agus sgaoileadh fhathannan air feadh a' bhaile. Na leadaidhean ud, a Thormoid. Tha mi cinnteach gu bheil iad fhèin den bharail gu bheil iad eòlach air a' bhaile seo is dè tha dol agus cò tha math no dona no airidh air moladh, ach chuirinn geall gu bheil na rudan as cudromaiche a' dol seachad orra agus iad fhathast air an aineol.'

'Bidh Marsaili ag innse sgeulachdan uaireannan,' thuirt Tormod, a' smaoineachadh air an sgeul a bh' aice mun duine a bha siud air leabaidh a bhàis, agus mar nach cuala e dè thachair aig a' cheann thall.

'Tha mi cinnteach gum bi. Is dòcha gur e an fhìrinn a th' agad, a Thormoid, agus nach eil am baile beag againn cho diofraichte an-diugh seach mar a bha e sna seann làithean. Sgonaichean agus ròlaistean a-nis. Òrain luaidh aig an àm sin.'

Smaoinich Tormod air na bha Morna air innse dha mu dheidhinn Raonaid agus an luadh mu dheireadh, oir cha robh ise air crìoch a chur air an sgeulachd sin nas motha.

Lean Ruairidh air.

'Bha cuid de na boireannaich deònach gu leòr a bhith a' seinn airson a' Bhàird Mhòir, agus b' fheàrr leis a' chuid as motha aca copan teatha làidir an àite uisge-beatha, agus chan eil fhios agam an robh an stuamachd aca mar bhacadh no na chuideachadh dha san obair a bha e air a chur roimhe a bhith a' cruinneachadh agus a' clàradh dualchas a' bhaile. Ach is e obair fhada shlaodach a bh' ann, agus cha do rinn e adhartas cho math tron t-samhradh 's a bha e air a dhèanamh le bodaich shunndach a' gheamhraidh.

'Dh'fheumadh e a bhith foighidneach agus cha sheasadh na boireannaich droch chainnt no mì-mhodh sam bith, agus mar a chaidh na seachdainean agus na mìosan seachad thachradh e gu math tric gum fosgladh cailleach air choreigin a beul agus dè a ghabhadh i ach òran a bha am Bàrd Mòr air a chluinntinn fichead turas mar-thà. Bhiodh e air a bhith gu math mì-mhodhail stad a chur oirre, ach bha e a' call misneachd agus a' fàs sgìth. Ged a ghabhas deagh sgeul innse uair is uair, dh'fhàsadh tu sgìth den aona phort nan robh thu ga chluinntinn a h-uile oidhche, nach fhàsadh, a Thormoid?'

'Dh'fhàsadh, gu dearbha,' dh'aontaich Tormod.

'Uill, mu dheireadh thall, bha am Bàrd Mòr a' smaoineachadh gun robh an t-àm ann airson falbh. Cha robh ach duilleag bhàn no dhà air fhàgail san leabhar mhòr dhubh, agus shaoil e gun robh e air a h-uile criomag dualchais a bha sa bhaile a ghlacadh agus gun robh gu leòr aige airson leabhar ceart a chur ri chèile.'

'Leabhar ceart?'

'Cha robh san leabhar mhòr dhubh ach leabhar-sgrìobhaidh. Is e còmhdach spaideil uaine a bha air an leabhar a dh'fhoillsich iad agus a sgaoil iad am measg nan sgoilearan uasal air feadh an t-saoghail,' arsa Ruairidh, 'stèidhichte air na bha sgrìobhte san leabhar dhubh. Ach chaidh an leabhar mòr dubh fhèin a chall. Chaidh agus am Bàrd Mòr fhèin.'

'Ciamar?' Cha robh fios aig Tormod ciamar a rachadh fear cho àrd a chall, gu h-àraid nam biodh feusag mhòr ruadh air.

'Thathas ag ràdh gun deach e air long mhòr a bha a' dèanamh air Afraga, agus dùil aige sgeulachdan a chruinneachadh am measg bodaich dhubha an fhàsaich agus leabhar eile fhoillseachadh, ach gun do dh'èirich stoirm mhòr aig muir agus gun deach an long fodha agus a h-uile duine a bha air bòrd air an sgrios còmhla rithe. 'S math dh'fhaoidte gu bheil an leabhar mòr dubh na laighe aig grunnd na mara a-nis, agus na giomaich ga ithe. A bheil thu a' creidsinn sin, a Thormoid?'

'Ciamar a bhiodh fios agaibh mu na giomaich?'

'Chan eil fios agam, a Thormoid, agus is e sin cnag na cùise. Is mise a chuir na giomaich anns an sgeul an-dràsta fhèin. Cha robh guth air giomaich nuair a chuala mise mun Bhàrd Mhòr. A bheil earbsa agad san sgeul agam a-nis?'

'Chan eil mi cinnteach,' fhreagair Tormod, 'A bheil na rudan eile fìor, mun luing agus mun leabhar?'

'Cò aige tha brath?' arsa Ruairidh Mòr. 'Chan fhacas am Bàrd Mòr sa bhaile seo, no san dùthaich seo, a-rithist. Mar sin, nuair a dh'èireadh ceistean mu na sgeulachdan aige, cò às a thàinig iad agus an robh iad fìor, agus an robh e air brìgh nan òran a thuigsinn nuair a sgrìobh e sìos na facail, cha b' urrainn do dhuine sam bith an leabhar mòr dubh no an duine aig an robh e a lorg.

'Ach mar a thachair, dh'fhàs cuid a dhaoine cho fiadhaich mu dheidhinn nam mearachdan a bha san leabhar, mas e mearachdan a bh' annta, gur e Bàrd Mòr nam Breugan a dh'fhàg iad air mar fhar-ainm. Sgrìobh cuid aca leabhraichean eile air an aon chuspair, feadhainn ga chàineadh agus feadhainn eile ga mholadh, agus chan ann às a' bhaile seo a bha duine aca!'

'Agus an robh mearachdan ann?' arsa Tormod.

'Uill, mar a thuirt mi, chan urrainn dhuinn a bhith cinnteach. Ach a rèir Cailleach an Tobair, cha robh mòran feum ann.'

'Ach thuirt sibh gun robh Cailleach an Tobair balbh.'

'Thubhairt, a Thormoid,' arsa Ruairidh. 'Thubhairt, gu dearbha. Innsidh mi dhut mar a thachair.

'Bha am Bàrd Mòr an impis am baile fhàgail, oir cha mhòr nach robh obair deiseil, nuair a thuirt tè de na boireannaich eile gum bu mhòr am beud nach robh Cailleach an Tobair a' bruidhinn ri daoine tuilleadh, oir b' ise an tè a bha eòlach air an t-seanchas gu lèir, air na seann òrain, 's air na sgeulachdan 's na rannan gaoil 's na tòimhseachain a bha air a bhith air bilean muinntir a' bhaile tro na linntean.

'Uill, bha ùidh mhòr aig a' Bhàrd anns an naidheachd seo, mar a thuigeas tu, agus chaidh e a chèilidh air Cailleach an Tobair, a' lorg sgeul no dhà eile airson an leabhar dubh a lìonadh. Thuirt daoine ris nach b' fhiach e an oidhirp agus nach bruidhneadh i ris, ach chaidh e ann co-dhiù.'

'Agus thòisich i a' bruidhinn a-rithist?' Bha Tormod an dòchas gur ann mar seo a chuireadh Ruairidh crìoch air an sgeul.

'Cha do thòisich sa bhad,' thuirt e. 'Chaidh am Bàrd Mòr a chèilidh oirre, rud nach robh duine eile air a dhèanamh fad deagh ghreis. Is e duine uabhasach àrd a bh' ann, mar a thuirt mi, agus cha robh taigh na cailliche ach beag agus mullach an taighe ach ìosal. Bha a ghuth àrd cuideachd, agus san t-seòmar bheag ud còmhla ri boireannach nach robh deònach bruidhinn, bha e a' lìonadh an àite le a ghuth 's le phearsa. Agus air adhbhar nach do thuig e, bha am Bàrd Mòr a' faireachdainn mì-chofhurtail. Chan ann mar seo a bha cùisean nuair a chaidh e a chèilidh air na bodaich 's na seann bhoireannaich eile. Bha rudeigin ann an sùilean na cailliche, a fradharc amharasach geur.

'Rinn Cailleach an Tobair teatha dha agus mhìnich e dhi gun robh e a' cruinneachadh seanchas na sgìre. Shaoil e gum biodh ùidh aice, ach cha tuirt i smid.

'Airson an t-sàmhchair a lìonadh, dh'fhosgail e an leabhar dubh agus leugh e earrann no dhà à dàn a fhuair e aig fear de na bodaich. Ach nuair a thug e sùil air Cailleach an Tobair, bha i a' crathadh a cinn. "Dè tha ceàrr?" ars am Bàrd Mòr. "A bheil rudeigin ceàrr air an sgeulachd?" Ach cha chanadh i dè bha ceàrr.

'Dh'fheuch e rud eile, òran èibhinn – uill, bha e èibhinn nuair a ghabh am bodach e – agus thug e seachad leisgeul airson cho neo-bhinn 's a bha a ghuth mus do sheinn e rann agus sèist. Ach a-rithist, bha Cailleach an Tobair a' crathadh a cinn.'

'Carson? An robh e air na h-òrain a chlàradh ceàrr?'

'Chan eil fhios agam, a Thormoid. Is dòcha gun robh e air an clàradh ceàrr, no is dòcha gun robh e air a bhith gu math dìcheallach san obair-chlàraidh ach gun robh na h-òrain ceàrr ann an cuimhne nam bodach. Ach cha do chòrd na bha sgrìobhte aige ris a' chaillich chòir, tha mi cinnteach às a sin.

'Dè tha ceart, co-dhiù? Cò tha a' dol a ràdh rium *nach* deach leabhar-sgrìobhaidh a' Bhàird Mhòir ithe leis na giomaich, eh?'

Smaoinich Tormod mu dheidhinn seo. Bha Ruairidh na thost, ach cha robh a sgeulachd deiseil. An robh e a' feitheamh airson ceist eile bho Thormod, ceist a dhearbhadh dha gun robh am balach air an sgeul a thuigsinn?

'Agus... an do bhruidhinn i ris?' dh'fhaighnich Tormod.

'Ò, bhruidhinn.' Bha guth Ruairidh fad às, mar gum biodh smuaint annasach a' tighinn a-steach air.

'Uill... dè thuirt i ris a' Bhàrd?'

'Uill, chuala mi gun do dh'fhàs am Bàrd Mòr gu math an-fhoiseil, a' feuchainn ris an leabhar aige a shealltainn dhi, ach cha robh i deònach coimhead air, agus gun do dh'fhaighnich e dhi dè bha ceàrr agus dè bu chòir dha atharrachadh, agus gun tuirt e rithe gun robh spèis aige dhi agus dhan dualchas aice agus gun robh e airson 's gum biodh a h-uile rud san leabhar cho ceart 's a ghabhadh. Agus an uair sin gum pàigheadh e airgead dhi, agus gum biodh i beairteach – cho beairteach gum b' urrainn dhi am baile fhàgail nan robh i ag iarraidh. Chùm e a' dol mar seo fad deich mionaidean gun sgur, gus an do dh'fhàs a' chailleach sgìth dheth. Mu dheireadh thall shìn i a làmh ga dh'ionnsaigh agus thug e an leabhar mòr dubh dhi, agus choimhead i tro na duilleagan agus chunnaic i gun robh dhà no trì duilleagan aig an deireadh a bha fhathast rin lìonadh.

'Thug Cailleach an Tobair sùil air a' Bhàrd Mhòr, ceist na sùilean, agus thuirt e rithe, "Tha mi airson 's gum bi mo chruinneachadh coileanta." Ach thuirt a' chailleach...'

Stad Ruairidh, a' coimhead sìos air Tormod Beag.

'Thuirt i ris, "Cha leig thu a leas. Chan fhiach e an t-saothair." Agus is e sin an rud mu dheireadh a thuirt i na beatha.'

'A bheil sin fìor?' dh'fhaighnich Tormod.

'Tha e cho fìor ri sgeul sam bith eile a dh'innseas mi dhut,' arsa Ruairidh. 'Ach cuimhnich, chan eil mi ach ag innse sgeulachd a chuala mi aig cuideigin eile. Cha chuala mi a-riamh le mo chluasan fhìn na sgeulachdan a bh' aig Cailleach an Tobair, agus chan eil fhios agam an robh a cuid sgeulachdan na b' fheàrr agus na b' fhaisge air an fhìrinn – ma tha fìrinn ann an sgeulachd sam bith – na na sgeulachdan a bh' aig bodaich a' bhaile, no aig a' Bhàrd Mhòr a chaidh a bhàthadh. Is dòcha gun do chaill i fhèin a h-earbsa sna sgeulachdan nuair a bha iad air fàs cho tioram ris an tobar aice.'

Ach chunnaic Ruairidh gun robh seo ro dhoirbh airson a' bhalaich òig, a bha cleachdte ri sgeulachdan sìmplidh. Bha crìoch cheart a dhìth air eachdraidh na cailliche, agus bha e fosgailte dha crìoch sam bith a chur air.

'Carson nach inns thusa dhòmhsa, a Thormoid, dè thachair aig a' cheann thall?' dh'fhaighnich e.

'Chan eil fhios agam,' arsa Tormod. 'Is ann agaibh fhèin a tha an sgeulachd seo.'

'Is ann,' arsa Ruairidh, 'agus chan ann, oir tha mi air a h-innse dhutsa a-nis, agus faodaidh tu crìoch a chur oirre mar a thogras tu.'

'A bheil sin ceadaichte?'

'Cò thug cead dhan Bhàrd Mhòr? Chan eil fianais sam bith againn san latha a th' ann air cho math 's a bha sgeulachdan Cailleach an Tobair, ach tha an leabhar uaine a dh'fhoillsich am Bàrd Mòr fhathast againn. Tha lethbhreac agam aig an taigh.

'Bha na sgeulachdan san leabhar spaideil aige cho sònraichte agus cho inntinneach, cead is fìrinn ann no às, gun robh a h-uile duine airson an leughadh, agus rinn an taigh-foillseachaidh fortan às. Fortan, tha mi duilich a ràdh, nach d' fhuair am Bàrd Mòr fhèin cothrom a chosg.'

Lean Ruairidh air. 'Mar a thuirt mi, bha cuid a dhaoine dèidheil air an leabhar, agus choisinn am Bàrd Mòr nach maireann cliù airson obair cho cudromach a dhèanamh ann a bhith a' clàradh dualchas a bha a' dol à bith. Agus am measg a nàimhdean, choisinn Bàrd Mòr nam Breugan droch chliù airson dualchas prìseil an eilein a ghoid, atharrachadh agus fhoillseachadh gun chead. Ach cha tuirt na daoine seo cò aig a bhiodh ùghdarras airson cead a thoirt seachad.

'Aig a' cheann thall, bha fìor-eachdraidh agus seanchas, ròlaistean agus breugan air am fighe ri chèile cho teann ann an leabhar a' Bhàird Mhòir, agus ann am beul-aithris a' bhaile, nach b' urrainn dhut sròn no earball dhiubh a lorg.

'Bha an leabhar sin math airson a' bhaile ann an dòigh. Bha an t-àite ainmeil airson greiseag, oir thàinig sgoilearan, bàird eile agus daoin'-uaisle airson bruidhinn ris na bodaich 's na cailleachan agus chaidh an taigh-òsta a thogail. Bha airgead aig na daoine a-rithist. Agus mura robh òrain nan seann bhodach ceòlmhor tuilleadh, agus eadar-dhealaichte an siud 's an seo bho na bha sgrìobhte air duilleagan gleansach an leabhair spaideil leis a' chòmhdach uaine, cha robh adhbhar aig daoine a bhith a' gearan.'

'Ach, a Ruairidh...' Cha robh Tormod riaraichte leis an stòiridh seo mar a bha e. 'Nan robh e air cluinntinn bhon Chaillich nach robh luach san obair aige, carson a rinn e an leabhar spaideil uaine co-dhiù?'

'Uill, a-rithist chan eil fios agam. Is dòcha gun robh airgead a dhìth air, no gun robh na sgoilearan air tìr-mòr a' cur ìmpidh air, air neo gun robh e air bliadhna a thoirt seachad ag èisteachd, a' sgrìobhadh agus a' clàradh agus cha robh e airson 's gun deigheadh a chur ann an suarachas. Agus a-nis cha bhi fios againn a-chaoidh, agus am Bàrd Mòr fhèin na laighe aig grunnd na fairge.'

Mhothaich Ruairidh Mòr dhan chiaradh a bha air a thighinn air an fheasgar. 'Obh, obh, a Thormoid,' thuirt e. 'Cha bhi do mhamaidh toilichte gu bheil mi gad chumail a-muigh an seo cho anmoch. Bu chòir dhuinn tilleadh.'

'Bu chòir,' dh'aontaich am balach beag, agus an uair sin thàinig smuaint eile a-steach air. 'An tobar ud,' thuirt e, 'a bh' aig ceann taigh na cailliche. An e sin an tobar ris an can iad Tobar na Cailliche?'

'Is e, m' eudail, is e gu dearbha,' ars am bodach. Is e Cailleach an Tobair a bh' aca oirre-se, agus Tobar na Cailliche a th' againn an-diugh air an tobar aice.'

'Ach chan eil an tobar sin tioram, agus thuirt sibhse gun do thiormaich e, a Ruairidh.'

Rinn e gàire. 'Sin thu fhèin, a Thormoid. Nach tusa am balach glic. Chan eil e tioram. No is dòcha gum bu chòir dhomh a ràdh nach eil e tioram tuilleadh.'

''Eil sin a' ciallachadh nach robh fìrinn san sgeulachd idir?' dh'fhaighnich Tormod.

'Chan eil, gu dearbha, ach dè an seanfhacal a

bh' agam? Cha bhi fios air stàth an tobair gus an tràigh e. An cuala tu sin a-riamh, 'ille? Is iomadh rud a chì duine a bhios fada beò, agus is iomadh sgeul a th' agam ri innse dhut fhathast. Ach saoilidh mi gun gabh sgeul Tobar na Cailliche a chumail airson latha eile.'

Chuir Ruairidh a làmh air gualainn a' ghille, agus chuir iad an aghaidh ris a' bhaile a-rithist. Agus choisich iad seachad air an achadh far an robh an t-allt air taomadh thairis agus mhothaich Tormod dhan t-sruth ùr a bha a-nis a' dol eadar a' chraobh mhòr agus ceann na fainge.

Coinneamh aig iomall a' bhaile

BHA A H-UILE pàrant sa bhaile air an rabhadh a thoirt seachad iomadach uair, gun a bhith a' bruidhinn ri daoine nach b' aithne dhaibh. Chaidh innse do Thormod le Peigi, do Mhurchadh agus Beathag leis a' Bh-ph NicRath, do Mhorna, Annabel agus Iain le am pàrantan, agus don a h-uile pàiste san sgoil aig àm air choreigin le Miss Robinson no am ministear no inbheach eile – fiù 's pàrantan Phòil Mhòir, oir ged a bha am mac acasan mòr is làidir agus làn fòirneirt an taca ris a' chloinn eile, agus na bhurraidh gun tròcair no truas, b' e balach òg a bh' ann fhathast.

Cha thachradh càil, ge-tà, ann am baile mar seo, far an robh a h-uile duine eòlach air càch a chèile. Ach bha e mar na còmhraidhean a bhiodh aig na cailleachan mun aimsir, no mar a bhith ag ràdh 'Amen' aig deireadh ùrnaigh – seòrsa abairt a chanadh tu co-dhiù, gun a bhith a' smaoineachadh air dè às ciall dheth. 'Dèan cinnteach gu bheil thu air ais ro chòig uairean, agus na bruidhinn ri srainnsearan sam bith!' Agus bhiodh a' chlann a' falbh a chluich gun a bhith a' smaoineachadh air an rabhadh idir.

Cha robh màthair Thormoid fhathast air innse dha dè thachair nuair a dh'fhàs Màiri Anna suas. Bhruidhinn ise ri coigreach, ri nighean a' cheàird a bha siud, nuair a thachair i rithe air an rathad faisg air an taigh aice, agus b' e siud a dh'fhosgail an doras dhan ghalar bhreac.

Cha do smaoinich Tormod air an sgeulachd ud nuair a chunnaic e fhèin agus Murchadh an duine an toiseach, na sheasamh aig stad a' bhus air iomall a' bhaile. Is ann às dèidh làimh, às dèidh dhaibh a thighinn dhachaigh, a thill sgeul Màiri Anna gu inntinn.

Carson a thuirt Murchadh na thuirt e ris an duine? Rud cho annasach. Rud nach robh fìor. Cha robh Tormod a' tuigsinn. Ach bha Murchadh air a bhith ag innse nam breugan co-dhiù. Mar as motha a bha Tormod agus Murchadh air eòlas a chur air a chèile is ann as motha a bha Tormod air mothachadh cho tric 's a bhiodh a charaid ùr ag ràdh rudan nach robh ceart. Bha a h-uile duine a' smaoineachadh gur e balach modhail ciallach a bh' ann am Murchadh agus nach innseadh e breug cho fada 's a bhiodh e beò, ach bha Tormod air taobh eile dheth fhaicinn agus cha robh e a' còrdadh ris. Mar eisimpleir, thuirt Murchadh ri Beathag gun robh e air a bhith aig taigh Thormoid fad an fheasgair, ged nach robh e air a bhith ann ach leth-uair a thìde, agus cha robh fios aig Tormod càit an robh Murchadh roimhne sin. Ach nuair a dh'fhosgail Tormod a bheul airson seo a ràdh bha Murchadh air breab cruaidh a thoirt dha. Agus a' bhon-dè, bha Murchadh air an sgeul aige mu phàirc nam beathaichean innse dha a-rithist ach bha e eadar-dhealaichte an trup seo – a' phàirt ud mu na muncaidhean, bha Tormod cinnteach às – agus cha robh e deònach aideachadh gun robh e air facal dheth atharrachadh.

Bidh sgeulachdan ag atharrachadh, ge-tà. Bha fios aig Tormod air sin bho bhith ag èisteachd ri Ruairidh agus ri a mhàthair. Cha robh cuimhne cho math aig a h-uile duine. Is dòcha gun robh Murchadh air rudeigin a dhèanamh an-àird gu neoichiontach airson beàrn a lìonadh, is gun robh e ga mhealladh fhèin agus a' creidsinn gur e an aon sgeul a bh' ann, gun atharrachadh idir. No is dòcha gum b' e Tormod fhèin aig nach robh cuimhne cheart air na chuala e a' chiad turas.

Ach an-diugh, an duine ud aig oir an rathaid. Cha robh adhbhar aig Murchadh a bhith ag innse breug dhàsan.

Bha Tormod air a bhith a' feuchainn ri sgeulachd Cailleach an Tobair innse do Mhurchadh, agus a' feuchainn ri bhith dìleas dhan tionndadh a chuala e aig Ruairidh, a dh'aindeoin na thuirt am bodach mu bhith a' cur crìoch air mar a thogradh e is mun dualchas a bha air a bhith aig muinntir a' bhaile fad linntean a bhith ag innse sgeulachdan uair is uair is gan innse ann an dòigh ùr gach turas. Bha Tormod air a dhìcheall a dhèanamh, ach bha aire Mhurchaidh air rudan eile. Chaidh iad suas gu Tobar na Cailliche, agus choimhead iad air an tobhta a bha faisg air an fhuaran.

'Feumaidh gur ann an seo a bha Cailleach an Tobair a' fuireach,' thuirt Tormod, a' smaoineachadh air a' Bhàrd Mhòr a' cèilidh oirre an sin. Ach b' fheàrr le Murchadh clachan a thilgeil san uisge. Feadhainn bheaga an toiseach. Plub! Plub! An uair sin feadhainn na bu mhotha, a rinn steall mòr agus a dh'fhàg an dithis aca fliuch. Agus an uair sin dh'fheuch Murchadh ri clach eagalach mòr a thoirt às a' bhalla, a' putadh agus a' tarraing gus an robh a làmhan goirt, ged a dh'iarr Tormod air sgur dheth.

'Na bi mar bhèibidh,' dh'èigh Murchadh. 'Cuidich mi.'

Cha robh Tormod airson a chuideachadh. Cha robh e ceart a bhith a' briseadh phìosan bho thaigh Cailleach an Tobair, ged nach robh ach dà bhalla dheth fhathast nan seasamh.

'A Mhurchaidh,' thuirt e. 'Chan fhaod sinn. Tha cuideigin gar coimhead.'

Agus chunnaic Murchadh gun robh e ceart. Bha fireannach a' coimhead orra bhon rathad. Bha e ro fhada air falbh airson a bhith cinnteach cò bh' ann, ach bha e follaiseach gun robh e air am faicinn. Stad Murchadh an uair sin. Shuath e a làmhan salach air a gheansaidh, leum e sìos bhon bhalla agus thòisich e a' coiseachd a dh'ionnsaigh an rathaid.

Cha robh Tormod airson a leantainn. B' fheàrr leis-san falbh tron achadh agus air ais dhan bhaile an taobh sin, ach bha am fear seo air am faicinn co-dhiù agus mas e cuideigin a bh' ann a bha eòlach air a mhàthair no air màthair Mhurchaidh bu chòir dhaibh a dhol a bhruidhinn ris, no gheibheadh iad trod.

Cha do dh'aithnich iad an duine seo, ge-tà. Cha b' e bodach aosta a bh' ann, ach duine nas òige, duine a bhiodh fhathast ag obair, falt bàn is feusag bheag air, le seacaid an airm agus geansaidh bobain, ged a bha an aimsir blàth. Thàinig e a-steach air Tormod gun robh e air am fear seo fhaicinn roimhe. Aig an sgoil, nuair a bha iad ag obair anns a' ghàrradh. No an robh? An e an aon duine a bh' ann? An robh feusag mar sin air an fhear eile?

'Sin sibh, a bhalachaibh,' thuirt an duine. 'Dè bha sibh a' dèanamh thall an sin?'

Cha do fhreagair Tormod, is cha robh cothrom aige, oir bha Murchadh luath leis an fhreagairt aigesan.

'A' lorg losgannan,' thuirt e.

'Losgannan, eh?' ars an duine.

'Seadh,' fhreagair Murchadh gu dàna. 'As t-earrach rinn sinn pròiseact san sgoil a' coimhead air poll-cheannan. A-nis tha iad air fàs nan losgannan. Thall san uisge a tha sin.'

'Ò,' thuirt an duine.

Cha tuirt Tormod smid. Cha b' e siud a bha iad air a bhith a' dèanamh, agus bha e an amharas gun robh làn fhios aig an duine seo nach b' e.

'Agus an d' fhuair sibh gin?' dh'fhaighnich an duine.

'Fhuair,' thuirt Murchadh le misneachd. 'Tha iad a' snàmh mun cuairt gu math dòigheil.'

'Uill, uill, nach sibh na balaich thapaidh.' Bha e a' coimhead air Tormod a-nis, ach cha tuirt am balach beag càil.

Cha robh adhbhar sam bith a bhith ag innse breug. Cha robh an duine a' dol a leum thairis air an fheansa agus coiseachd gu ceann eile an achaidh tron pholl airson dearbhadh gun robh losgannan san uisge. Carson, matà, a bha Murchadh air sin a ràdh? A chionn 's gun robh fios aige gum b' urrainn dha, agus gum faigheadh e às leis. Agus bha an duine seo a' feitheamh aig stad a' bhus. Nam falbhadh e airson coimhead san uisge agus nan tigeadh am bus fhad 's a bha e ga dhèanamh, bhiodh e a' feitheamh uair a thìde a bharrachd. Seo cho seòlta 's a bha Murchadh. Ann an dòigh, bha spèis aig Tormod dha. Cha robh Tormod fhèin luath gu leòr, no dàna gu leòr, a bhith ag innse do dh'inbheach sgeulachd nach robh fìor.

Sgeulachd. Breug. Dè an diofar? Cha robh a h-uile sgeulachd fìor, ach bha seo eadar-dhealaichte. Bha Murchadh a' feuchainn ris an duine seo a mhealladh. Duine nach b' aithne dha. Duine a dh'fhaodadh a bhith cunnartach.

'Tha do charaid gu math sàmhach,' thuirt an duine ri Murchadh, a' coimhead air Tormod.

'Tha mo bhràthair gu math diùid,' thuirt Murchadh.

Mo bhràthair? Dè thug air sin a ràdh? Na losgannan an toiseach agus a-nis ag innse don duine seo gur e bràithrean a bh' annta.

'Ist, a Mhurchaidh!' thuirt Tormod. Bha e airson falbh, airson an duine seo, a bha a' coimhead orra ann an dòigh neònach, fhàgail. Bha e a' coimhead orra san aon dòigh 's a bhiodh Thomasina a' coimhead air na saighdearan air brat-ùrlair Ruairidh, a' tomhas na h-inntinn dè an dòigh as fheàrr a bhith gam milleadh.

'Do bhràthair?' thuirt e. 'Agus dè an t-ainm a th' ortsa, 'ille bhig?'

'Er…' Bha beul Thormoid fosgailte ach cha tigeadh na facail.

'Dòmhnall,' thuirt Murchadh. 'Is esan Dòmhnall agus is mise Uilleam.'

'Ach nach tug e Murchadh ort an-dràsta?' ars an duine.

'Cha tug idir. Tha e airson falbh gu taigh Mhurchaidh. Sin na thuirt e.'

Breug eile, ach an turas seo bha Tormod taingeil gun robh Murchadh cho math air na rudan seo innse. Bha rudeigin mun duine seo a bha a' cur feagal air.

'Agus càit a bheil taigh Mhurchaidh?'

'Thall an sin,' thuirt Murchadh, agus lean sùilean a' choigrich a chorrag dhan àird an iar. Cha robh taigh sam bith ri fhaicinn, ge-tà. Bha iad air iomall a' bhaile.

'Ah,' thuirt an duine, a' toirt a chreids' gun robh e a' tuigsinn. 'Uill, chan eil mise eòlach air a' bhaile seo tuilleadh. Bha aig aon àm, ach dh'fhalbh mi. 'Eil sibh eòlach air Ruairidh Mòr?'

'Tha,' thuirt Murchadh. 'Tha e a' fuireach…'

Ach an turas seo b' e Tormod a thug breab piantail do Mhurchadh.

'Tha e a' fuireach an-ath-dhoras rinn. 'S esan mac a' mhinisteir,' thuirt Tormod, a' faighinn lorg air a ghuth mu dheireadh thall. 'Tha Ruairidh san aon chlas ri ar piuthar san sgoil.'

An dòigh a bha Murchadh a' coimhead air, cha robh Tormod cinnteach an robh e moiteil no farmadach, ach gun bhruidhinn bha fios eadar an dithis aca gun robh an t-àm aca an duine seo fhàgail far an robh e. Agus dìreach nuair a bha an duine an impis rudeigin eile a ràdh riutha, chuala iad einnsean carbad agus an uair sin chunnaic iad am bus, a thàinig gu stad le sgread meatailt agus osna mhòr. Dh'fhosgail na dorsan agus chaidh an duine air bòrd.

'Uill, ma chì sibh Ruairidh Mòr, can ris gun robh Alasdair a' gabhail a naidheachd,' thuirt e, a' coimhead air Tormod a-mhàin agus chan ann idir air Murchadh. 'An can thu sin ris, a Thormoid?'

Agus dh'fhalbh am bus.

Ciamar a bha fios aige? Thuirt e 'a Thormoid'.

'Ciamar a bha fios aige?' dh'èigh Tormod. Cha do thuig Murchadh sa mhionaid dè bha ceàrr.

'Eh? Cò air a tha thu a-mach?'

'Cha tuirt mi gur e Tormod an t-ainm a th' orm.'

'Cha tuirt na mise. Thuirt mi gur e Dòmhnall agus…'

'Agus Uilleam. Ach bha fios aige. Nach cuala tu?'

'Dè an diofar?' arsa Murchadh. 'Is dòcha gun robh e ag èisteachd rinn na bu thràithe. Is dòcha gu bheil e eòlach oirnn co-chiù, gun do dh'aithnich e sinn. Thuirt e gur ann às a' bhaile seo a bha e bho thùs.'

'Carson a dh'inns thu breugan dha, ma-tà?' thuirt Tormod. Bha e feargach le Murchadh a-nis, agus bha feagal air cuideachd.

'Cha robh ann ach spòrs. Chan eil e gu diofar. Dè tha e a' dol a dhèanamh mu dheidhinn?'

Ach bha Tormod a' falbh mar-thà, a' fàgail Mhurchaidh na sheasamh aig stad a' bhus agus a' ruith na dheann a dh'ionnsaigh taigh Ruairidh. Bha an duine seo a' faighneachd mu dheidhinn Ruairidh, nach robh? Bha daoine eile sa bhaile air an robh Ruairidh, a bharrachd air Ruairidh Mòr fhèin, ach bha fios aig

Tormod – fios le cinnt, is chan e amharas a-mhàin – gur e an Ruairidh aigesan a bha an duine annasach seo a' lorg.

   'Can ris gu bheil Alasdair a' gabhail a naidheachd.' Sin na thuirt e. Agus bha e a' falbh air a' bhus. Cha robh e a' dol a chèilidh air, ach bha e ag iarraidh gum biodh fios aig Ruairidh gun robh e ann. Carson? Carson? Cha robh seo a' dèanamh ciall.

Leigheas Peigi airson ghlùinean goirte

MURA B' E GUN robh barrall a bhròige clì briste, bhiodh Tormod air taigh Ruairidh a ruigsinn gun trioblaid. Mar a thachair, chuir e car na adhbrann mus robh e aig taigh Dhòmhnaill Eàirdsidh, beagan cheudan de shlatan air falbh bho stad a' bhus, agus chaidh e sìos le brag, a' call craiceann a ghlùinean dhan ghrinneal mhìn ùr a bha a' chomhairle air cur an cois an tarmac mar phàirt den obair chàraidh a bha iad a' dèanamh air na rathaidean.

Nuair a thàinig Murchadh far an robh e, anail na uchd, bha fuil a' dòrtadh às a ghlùinean agus deòir às a shùilean. Thàinig Dòmhnall Eàirdsidh agus a bhean Seonag a-mach às an taigh agus thug iad an dithis bhalach a-steach gus cobhair a dhèanamh orra oir, ged a b' e Tormod a bha air e leòn, bha Murchadh fhèin cho geal na aodann 's gun robh feagal orra gun rachadh e na laigse.

Mar sin, chan fhaca Tormod Ruairidh an latha ud. Thug Seonag dhachaigh e sa chàr aice, a' fàgail Mhurchaidh aig an taigh aigesan air an t-slighe, agus thug Peigi a-steach e, a' cantainn ri Seonag cho taingeil 's a bha i dhi airson am balach aice a thoirt air ais, agus a' gabhail iongnadh carson a bha e a' ruith mun cuairt mar sin gun a bhith a' dùnadh a bhrògan ceart. Ach sin agad na balaich.

'Gu dearbh,' thuirt Seonag. 'Tha iad fiadhaich, cuid aca. Ach bidh tu ceart gu leòr a-nis, a Thormoid, còmhla ri do mhamaidh. Agus bidh sinn gad fhaicinn anns an t-searmon air an t-Sabaid, nach bi, a Pheigi?'

'Bithidh,' arsa Peigi, a gàirdean timcheall air Tormod. 'Bithidh gu dearbh.' Agus bhitheadh gu dearbh, agus is dòcha gum bruidhneadh Seonag rithe is i a-nis co-cheangailte ri Anna NicRàth, mic an dithis aca a' cluich còmhla na làithean seo. Mar bu thrice bhiodh Seonag air Peigi a sheachnadh.

Cha robh Seonag aosta gu leòr fhathast a bhith sa chearcall san robh seanmhair Morna agus Ciorstaidh Bhàn, ach b' ise an dearbh sheòrsa boireannach a gheibheadh ann gun duilgheadas sam bith. Ach cha robh sin ri ràdh gur e creutair olc a bh' innte oir bha i air Tormod a thoirt dhachaigh, agus bha cuid sa bhaile seo a bhiodh air coimhead a-mach air sealladh mar sin agus air fuireach air cùl nan cùirtearan. Chuir Peigi casg air a smuaintean agus dh'iarr i oirre fhèin a bhith taingeil mar bu chòir.

Dh'fhalbh Seonag, a' fàgail balach beag nan glùinean fuilteach còmhla ri a mhàthair. Cha robh i buileach a' tuigsinn carson a bha feadhainn sa choimhearsnachd cho fada an aghaidh a' bhoireannaich òig seo. Cò nach robh air mearachd no dhà a dhèanamh? Smaoinich i air nigheanan eile a bha air an t-eilean fhàgail, agus air cuid a bha air pòsadh agus a bha fhathast a' fuireach còmhla ri fireannaich bhrùideil, feagal ro mhòr orra a bhith a' dealachadh bhuapa. Cha robh feagal air Peigi, agus 's i a bha ag àrach balach beag leatha fhèin. Nach i a bha fortanach, thuirt Seonag rithe fhèin air an t-slighe dhachaigh, gun robh Dòmhnall Eàirdsidh cho bog is cho macanta, is nach robh clann aca.

Bha oir na tuba fuar fo a thòin is cha robh e aig fois

oir bha pìosan grinneil fhathast fo a chraiceann agus bha e doirbh a thoirt às. Bha an TCP geur is goirt, ach às dèidh deich mionaidean bha Peigi an ìre mhath cinnteach gun robh i air na lotan aige a ghlanadh. Bha an dà ghlùin air an gearradh gu domhainn, ge-tà. Is dòcha gum bu chòir dhi an dotair fhònadh, ach cha robh i airson dragh a chur air. Bha Tormod air a bhith air chrith nuair a thàinig e dhachaigh an toiseach, ach a-nis bha e ciùin a-rithist. An rud a b' fheàrr, copan seòclaid agus tràth dhan leabaidh, agus bheireadh i sùil air a ghlùinean a-rithist sa mhadainn.

Dhiùlt e botal teth an toiseach. Meadhan an t-samhraidh. Cha robh e a' cur feum air a leithid, ach lìon Peigi e co-dhiù, agus cho luath 's a bha e san leabaidh bha Tormod ga iarraidh.

'Nise, m' eudail,' thuirt i. 'Bidh tu nas fhaiceallaiche le do bhrògan an ath thuras a nì thu rèis le Murchadh, nach bi?'

Cha tuirt Tormod càil. Cha robh e air mòran a ràdh bho thill e.

''Eil thu ag iarraidh stòiridh, ma-tà?' thuirt i, a' togail leabhar nan 365 sgeulachd.

'Chan eil.'

'Ceart gu leòr. Dìreach airson cadal?'

'Chan eil mi 'g iarraidh cluich còmhla ri Murchadh tuilleadh, a Mhamaidh.'

'Carson? Chan ann a h-uile latha a bhios rudeigin mar seo a' tachairt. Tha thu fhèin agus Murchadh air a bhith gu math dòigheil le chèile thuige seo.'

'Bidh e ag innse bhreugan.'

'Ò, am bi?'

Bhiodh a h-uile balach òg ag innse bhreugan bho àm gu àm, ge-tà. Ach bha rudeigin mun dòigh san tuirt e seo. Bha e a' cur dragh air Tormod, ach cha robh i airson cus a dhèanamh dheth, is e troimh-a-chèile às dèidh na thachair. Dh'fheumadh i dèiligeadh ri seo gu socair.

'Dè seòrsa rudan a bhios e ag ràdh, ma-tà?'

'Thuirt e gur e Uilleam an t-ainm a bh' air, agus Dòmhnall a bha ormsa.'

'An e geama a bha sibh a' cluich? Mar dhealbh-chluich, a' toirt a chreids' gur e caractaran eadar-dhealaichte a bh' annaibh?'

'Cha b' e. Thuirt e sin ris an duine aig stad a' bhus, ach bha m' ainm aige mar-thà. Sin as adhbhar a bha mi a' ruith air falbh.'

'Agus cò bh' ann, an duine seo? Cuideigin as aithne dhuinn?' Cha robh Peigi airson nochdadh gun robh i iomagaineach. Cha robh adhbhar aice a bhith iomagaineach ann am baile mar seo, far an robh a h-uile duine eòlach air càch a chèile.

'Chan eil fhios agam,' thuirt Tormod. 'Ach dh'inns mise breug cuideachd. Thuirt mi gun robh piuthar agam agus gun robh Ruairidh anns an aon chlas còmhla rithe. Tha mi duilich, a Mhamaidh.'

Cha robh seo a' dèanamh ciall, ach dè an diofar? Nan robh a' chlann a' cluich agus a' dèanamh rudan an-àird, bha siud nàdarra. Agus bha Tormod a' fàs cho sgìth. An t-seòclaid a bu choireach. B' e siud an leigheas a b' fheàrr airson ghlùinean goirte, no droch naidheachd, no cridhe briste. Thuiteadh Tormod na chadal agus anns a' mhadainn cha bhiodh sgeul air na breugan seo, ge bith dè an geama a bh' aca. An duine aig stad a' bhus, ge-tà, dh'fheumadh i faighinn a-mach cò bh' ann. Gheibheadh i facal aithghearr air Anna NicRàth a-màireach.

'Chan eil adhbhar agad a bhith duilich idir, m' eudail,' thuirt Peigi ri a mac, a' toirt dha pòg aotrom. 'Tha mise a' smaoineachadh, ma dhùineas tu do shùilean an-dràsta, agus ma nì thu cunntas aon gu fichead, gum bi thu nad chadal mus bi mise aig bonn na staidhre. An dèan thu sin?'

'Nì.'

'Oidhche mhath, ma-tà.

'Oidhche mhath, a Mhamaidh.'

Agus mus robh i air an doras a dhùnadh bha am balach beag na chadal.

Bruadar a' bhalaich bhig

NA BHRUADAR BHA na sgeulachdan air a dhol an lùib a chèile. Bha Màiri Anna ann, a h-aodann grànda air sgàth a' ghalair bhric, agus Iain air bòrd na luinge a' seòladh a dh'Ameireagaidh. Ach bha an ceàrd air falbh a dh'Ameireagaidh cuideachd às dèidh don teaghlach aige bàsachadh. Bhiodh iomadh duine a' falbh a dh'Ameireagaidh ann an sgeulachdan.

Bha a mhàthair air rudeigin a ràdh mu dheidhinn Màiri Anna, gun robh guth binn aice, gur e sin an t-aon rud math a bh' aice bho chaidh a bòidhchead a mhilleadh leis a' ghalar, ach cha robh i air an còrr den sgeulachd innse dha fhathast. Sa bhruadar bha Màiri Anna air an àrd-ùrlar, mar sheinneadair opara a chunnaic e air an telebhisean, ga h-èideadh ann an gùn sìoda, a falt gleansach fon t-solas agus a h-uile duine san taigh-chluiche ag èisteachd rithe, ach bha i na seasamh le a cùl ris an luchd-èisteachd, oir bha i cho grànda 's nach robh i ag iarraidh gum biodh iad a' coimhead orra.

A' seinn còmhla rithe bha còisir na sgoile, a' gabhail *Dòmhnall Beag an t-Siùcair*, agus Pòl Mòr ri taobh Thormoid ag èigheachd agus a' breabadh agus cha robh duine sam bith a' cur stad air, ach cha b' urrainn do Thormod falbh is a h-uile duine ag èisteachd ris an òran.

Agus an uair sin bha e aig a' chidhe a' coimhead air bàta a' fàgail a' chala is Iain air bòrd, 's bha an litir a sgrìobh Iain na làimh agus bha fios aig Tormod gun robh e mar uallach air an litir a thoirt gu bean Iain, 's gun rachadh esan air an turas gu tuath nach do ghabh Iain fhèin. Ach nuair a thionndaidh e air ais a dh'ionnsaigh a' bhaile cha robh baile ann. Cha robh taigh-òsta ann, no bùithtean no taighean, dìreach frith-rathad tron mhòintich, agus ged a thionndaidh e air ais taobh na fairge cha robh acarsaid ann tuilleadh, dìreach fraoch agus raineach, agus cha robh slighe eile ann dha ach a bhith a' leantainn an fhrith-rathaid gu tuath, a' giùlan na litreach a dh'innseadh do bhean Iain gum biodh e còmhla rithe gun dàil, ged a bha fios aig Tormod nach tilleadh Iain a-nis ach an ceann mhìosan no bhliadhnaichean, nan tilleadh e idir.

Nuair a dhùisg am balach beag bha e na fhallas. Bha a' phlaide na snaidhm agus bha e ag èigheachd aig àird a chlaiginn. Agus bha cuideigin san t-seòmar còmhla ris, a' greimeachadh air a dh'aindeoin a chuid oidhirpean an creutair seo a phutadh air falbh.

'Ist, ist,' thuirt Peigi ris, ga chumail faisg oirre is a' sliobadh a chinn. 'Bidh thu ceart gu leòr. Sssshhhh! Sin thu. Sin thu, m' eudail.'

Raonaid agus an duine òg

THÀINIG MORNA A chèilidh orra sa mhadainn. Cha b' ise a' chiad roghainn, ge-tà.

Bha Peigi air fònadh gu màthair Mhurchaidh airson dearbhadh gun robh e fhèin ceart gu leòr, agus thuirt Anna NicRàth gun robh agus gun robh i an dòchas gun robh Tormod a' tighinn am feabhas. Cha robh na dh'èirich do Thormod air dragh sam bith a chur air Murchadh, thuirt i. Sin agad na balaich. Bidh iad a' ruith ro luath, a' leum ro àrd, a' fàs salach agus gan goirteachadh fhèin. Is ann mar sin a bhios iad ag ionnsachadh.

An robh Murchadh airson a thighinn a chèilidh air a charaid an-diugh, ma-tà?

Ach thuirt a' Bh-ph NicRàth nach robh. Bha i a' dol a thoirt an dithis aca, Beathag agus Murchadh, airson aodach ùr a cheannach. 'Tha iad a' fàs cho luath. Fios agad fhèin, a Pheigi, cha bhi aodach a' mairsinn ach seachdain no dhà mus bi e ro bheag dhaibh.'

Bha fios aig Peigi, agus fios aice cuideachd gun robh màthair Mhurchaidh air dà bhriogais a cheannach dha san ùine ghoirid a bha e air a bhith a' tighinn a chluich còmhla ri Tormod, fhad 's a bha i fhèin air briogais Thormoid a leudachadh mun mheadhan agus pìosan a bharrachd a chur eadar muincheall agus bann-dùirn nan lèintean aige, an dòchas gun dèanadh sin a' chùis airson mìos eile. Bha Murchadh nas motha na Tormod, ach cha robh Anna NicRàth air seann aodach Mhurchaidh a thabhann dhi. Cha chuireadh e nàire air Peigi nan rachadh a thabhann dhi, ach bha i ro phròiseil a bhith ga iarraidh.

'Bu mhòr am beud,' thuirt i. 'Tha mi an dòchas gun tig e uair eile, ma-tà.'

Is ann an uair sin a dh'fhòn i gu màthair Morna, agus an ceann leth-uair a thìde bha càr seanair Morna taobh a-muigh taigh Peigi agus nighean bheag shona a' ruith chun an dorais far an robh Tormod a' feitheamh rithe.

Bha an t-uisge a' sileadh gu trom fad na maidne. Droch latha airson a bhith a' cluich a-muigh, ach bha iad riaraichte gu leòr le cairtean 'Teaghlaichean Toilichte' agus mìrean-measgaichte agus leabhar mu dhìneasaran a thug orra ruith suas is sìos an staidhre ag ràdh, 'Aaaarrrgh!' fad fichead mionaid gun sgur. Cha robh aire Thormoid air a ghlùinean goirte idir. Bhiodh e slàn a-rithist mus robh fios aca.

Bha gu leòr aig Peigi ri dhèanamh airson a cumail trang. Gach latha a' nighe, a' càradh, rudan àbhaisteach, agus sgonaichean a dhèanamh. Coma leatha na cruinneachaidhean spaideil sa bhaile. Dh'itheadh Tormod agus Morna na sgonaichean aice agus chanadh iad nach do bhlais iad a-riamh air biadh cho math. Mhothaich i gun robh a' chlann air a bhith sàmhach airson greiseag agus chaidh i gu doras a' chidsin, is i an impis gairm orra, nuair a chuala i cò mu dheidhinn a bha iad a' bruidhinn.

Bha Morna agus Tormod nan suidhe air an staidhre, agus esan ag ràdh rithe, 'Agus thuirt e, "Nuair a chì thu Ruairidh Mòr, can ris gu bheil Alasdair a' gabhail a naidheachd." Agus dh'fhalbh e.'

'Uill? An tuirt thu sin ri Ruairidh?'

'Chan eil mi air Ruairidh fhaicinn. Thuit mi is chaidh mo thoirt dhachaigh. Agus an-diugh tha an t-uisge ann agus feumaidh sinn fuireach a-staigh.'

'Inns dha nuair a chì thu e, ma-tà. Ma tha an aimsir nas fheàrr feasgar, carson nach tèid sinn a dh'fhaicinn nan each, agus an uair sin a choimhead air claigeann an eich ann an seada Ruairidh?'

'Tha thusa neònach, fhios agad, a Mhorna. Tha an rud sin grànda. Chan eil fhios agam carson a tha thu air do bheò-ghlacadh leis.'

'Chan eil na h-eich grànda, tà,' thuirt i. 'A bheil ùbhlan aig do mhàthair? Is urrainn dhuinn am biathadh.'

Dh'èist Peigi ri seo, a ceann rud beag dhan taobh chlì, oir dh'fhàgadh e na b' fhasa dhi còmhradh na cloinne a chluinntinn.

Alasdair. An e 'Alasdair' a thuirt e?

Ainm cumanta a bh' ann, ge-tà.

'Gheibh sinn a-mach,' thuirt Tormod, agus sa mhionaid bha an dithis aca a' tighinn sìos an staidhre nan deann. 'A Mhamaidh, a bheil ùbhlan againn? Tha sinn a' dol a dh'fhaicinn eich Dhonaidh Ailein.'

'Heidh, heidh,' arsa Peigi. 'Tha mi an seo. Cha leig thu a leas a bhith ag èigheachd mar sin. Agus cha leig sibh a leas uimhir de chabhaig a bhith oirbh nas motha. Nach eil sibh ag aithneachadh an fhàilidh sin?'

'Sgonaichean?' thuirt Morna. Is i a bhiodh ag aithneachadh fàileadh fuine mhath, a seanmhair am measg nan leadaidhean spaideil.

Choimhead Peigi air an dithis aca a' cur ìm is silidh air na sgonaichean agus dh'èist i ri criomagan den chabadaich leanabail aca, is i a' tighinn is a' falbh leis an nigheadaireachd, is i an dòchas gum biodh e tioram gu leòr feasgar airson an t-aodach a chur a-mach air an loidhne, ach cha chuala i an t-ainm 'Alasdair' a-rithist. Mar a bha e an-dràsta, cha robh dùil aice gum biodh tiormachd ann, no gum biodh a' chlann airson coiseachd cho fada ri taigh Dhonaidh Ailein nam biodh an t-uisge fhathast ann.

Shuas ann an seòmar Thormoid a-rithist, agus an t-uisge na bu truime na bha e air a bhith tron mhadainn, dh'inns Morna dha an còrr den sgeulachd mu dheidhinn Raonaid. Bha i an dòchas gun robh i ga h-aithris ceart, oir bha seachdain air a dhol seachad bho chuala i an dàrna leth dheth bho a seanmhair, agus cha robh i buileach cinnteach gun robh i air a h-uile rud cudromach às a' chiad leth innse do Thormod nas motha.

Ged nach tuirt i càil ris mu dheidhinn, bha Morna air a bhith ag ionndrainn Thormoid, ach bha fios aice nach biodh e glic a bhith a' gearan gun robh e a' cluich ro thric còmhla ri Murchadh. Cha robh i cho dèidheil air Murchadh, a bha air rudeigin innse dhi san sgoil aon latha, agus an ath latha air rud a ràdh a chaidh dìreach na aghaidh. Carson a dh'innseadh e breug? Cha robh adhbhar air a shon. Cha b' e gnothach cudromach a bh' ann idir – rudeigin mu dheidhinn na dh'ith iad aig partaidh co-là-breith Beathag – ach carson a chanadh e rudan eadar-dhealaichte mu dheidhinn agus coltas cho neoichiontach air? Co-dhiù, b' i fhèin a bha còmhla ri Tormod an-diugh, agus cha robh i airson smaoineachadh air a' bhalach eile.

Am boireannach a bha seo, Raonaid, a bha a seanmhair air innse dhi mu dheidhinn, bha e coltach gun do dh'fhàs i sean is searbh a' coimhead le eud air a nàbaidhean agus a' faighneachd dhi fhèin carson nach do bruidhinn i ri Seumas Chaluim nuair a bha i fhathast òg agus bòidheach. Bha esan a-nis stèidhichte sa bhaile mar fhireannach cliùiteach aig an robh obair mhath agus teaghlach àlainn, agus a bhiodh a' frithealadh na h-eaglaise agus a' cuideachadh sa choimhearsnachd. An dearbh sheòrsa duine a bhiodh Raonaid air iarraidh dhi fhèin, ach bha ise na h-aonar, ag obair ann am muileann a' chlòtha tron latha agus a' dol dhachaigh dhan taigh aice fhèin air an oidhche, agus ged a bhiodh ise cuideachd a' frithealadh na h-eaglaise – mar a bhiodh a h-uile duine sna làithean sin – agus ged a bha obair mhath aicese cuideachd, is i air àrdachadh fhaighinn chun na h-ìre far an robh ceathrar luchd-obrach fòidhpe is i os cionn cunntasan na companaidh gu lèir, cha robh i toilichte, agus bhiodh e follaiseach do dhuine sam bith a thug mionaid airson coimhead oirre nach robh i toilichte. Bhiodh i a' smaoineachadh an-còmhnaidh air na dh'fhaodadh a bhith na freastal. Ise agus Seumas pòsta. Ise aig an taigh a' coimhead às dèidh teaghlach mòr, esan a' tighinn dhachaigh a h-uile oidhche agus dùil aige gum biodh a dhinnear air a' bhòrd, agus bhiodh e air a' bhòrd, agus bhiodh a' chlann uile glan is air am biathadh agus deiseil airson pòg a thoirt do an athair mus rachadh iad dhan leabaidh. Seach sin, dh'itheadh Raonaid bhochd spaghetti a-mach à crogan agus lìonadh i tòimhseachan-tarsainn agus rachadh i dhan leabaidh leatha fhèin.

 Cha robh Morna slaodach ann a bhith a' cur a barail fhèin ris na bha i air cluinntinn bho a seanmhair, agus na beachd-se bha Raonaid fortanach. Cò bha ag iarraidh a bhith aig an taigh a' glanadh agus a' còcaireachd agus a' coimhead às dèidh Sheumais, agus dè dh'fhaodadh a bhith cho sònraichte mun duine seo co-dhiù? Bha Raonaid ag obair ann am muileann a bha a' dèanamh clò, ann an dreuchd àrd. Dh'fhaodadh i co-dhùnaidhean a dhèanamh. Dh'fhaodadh i iarraidh air an luchd-obrach clò a dhèanamh ann an dathan soilleir – buidhe agus pinc agus dearg, an àite glas agus donn mar na seacaidean a bhiodh a seanair a' cur air. Nan robh ise, Morna, os cionn na muilne, dhèanadh i sin sa mhionaid. Ach fiù 's nuair a bha i ag ràdh seo, bha i mothachail gun robh i a' falbh bho shlighe na sgeulachd agus a' call aire Thormoid.

'An e Raonaid NicLeòid a tha seo?' dh'fhaighnich Tormod. Cha bhiodh Raonaid NicLeòid a' cur dhathan soilleir oirre uair sam bith. Bha e air an aon cheist a chur nuair a bha Morna air a' chiad phàirt den sgeulachd innse dha cuideachd. Mhìnich i a-rithist gur e sgeulachd a seanmhar a bh' ann. Cha robh Raonaid NicLeòid beò nuair a bha an stòiridh seo a' gabhail àite.

'Nan robh e fìor idir,' thuirt Tormod nuair a chuala e a freagairt, agus thòisich e a' bruidhinn mu na cleasan a bh' aig Ruairidh, agus cuideachd aig a mhàthair, a bhith a' dèanamh an-àird ainmean airson nan caractaran aca agus bruidhinn mun deidhinn ann an dòigh a bheireadh ort creidsinn gur e fìor dhaoine ann an eachdraidh a bh' annta.

''Eil thu airson an sgeulachd seo a chluinntinn no nach eil?' thuirt Morna. 'Chan eil e gu diofar dè an sloinneadh a bha air Raonaid. Cha tàinig mi fhathast chun a' phàirt as fheàrr. Sguir a bhith a' briseadh a-steach agus èist rium.'

'Tha mi duilich,' arsa Tormod. 'Cha robh mi ach a' faighneachd.'

'Uill, tha mi a' dol a dh'innse dhut. 'S e an rud a thachair, cuimhnich, gun robh Raonaid – Raonaid NicLeòid, ma tha thu ag iarraidh – air fàs cleachdte ris an dòigh-beatha a bh' aice, ged nach robh i riaraichte, agus gun robh i air dìochuimhneachadh mun bholt clòtha ud air na rinn iad luadh nuair a bha i òg.'

'Chaidh pìos dheth gu Shopshire, thuirt thu.'

'Shropshire!' thuirt Morna, a' gàireachdainn. 'Dè bhiodh ann an Shopshire? Sgìre làn bhùithtean?' Do Thormod cha robh seo idir cho èibhinn 's a bha Morna a' cumail a-mach.

'Duilich, tha mi duilich, a Thormoid,' thuirt i, ag

aithneachadh nach robh e snog a bhith a' magadh air. 'Tha thu ceart. Rinn an tàillear a bha siud ann an Lunnainn deise airson cuideigin à Shropshire agus còta mòr airson fear eile à Cambridge. Agus bha an clò seo air a dhèanamh cho math 's gun do chuir am proifeasair ud an còta air a h-uile latha fad fichead bliadhna – bhiodh na h-oileanaich ag ràdh gun robh e coltach ri Sherlock Holmes – agus bha an còta ud a' coimhead a cheart cho math air 's a bha e an latha a cheannaich e e.'

'A h-uile latha, fiù 's as t-samhradh?' thuirt Tormod.

'Uill, coimhead air an aimsir an-diugh. Chan eil fhios agam a bheil an t-uisge ann a h-uile latha ann an Cambridge, ach carson nach can sinn gum biodh e ga chur air co-dhiù latha no dhà gach seachdain?'

Dh'aontaich Tormod ri seo agus lean Morna air adhart leis an sgeulachd aice.

'An ath rud a thachair, chaochail am proifeasair a bha seo, agus bha a h-uile duine ga chaoidh, oir bha e air a bhith ainmeil sa bhaile airson a bhith cho glic is cho math air Laideann agus Greugais.'

Bha Morna ga innse mar a dh'inns a seanmhair an sgeulachd dhìse. Laideann is Greugais, cha robh càil a dh'fhios aice carson a dh'ionnsaicheadh daoine a leithid, oir bha gu leòr aca ri ionnsachadh le Miss Robinson eadar Gàidhlig is Beurla is eachdraidh is cuspairean eile, gun ghuth a ràdh air cànanan a bharrachd, ach chuir i an smuain seo gu an dàrna taobh an-dràsta.

'Bha muinntir an oilthigh duilich nach robh e beò tuilleadh, agus thàinig a phiuthar às an dachaigh aice ann am baile eile airson na rudan aige a chlìoradh às na seòmraichean aige sa cholaiste. Thug i na leabhraichean aige dhan leabharlann, a bha toilichte cruinneachadh cho math fhaighinn, agus chuir i a h-uile rud eile gu bùth cathrannais. Cha robh mòran eile air a bhith aig an t-seann phroifeasair. Is ann leis a' cholaiste a bha an àirneis sna seòmraichean aige. Bha airgead aige sa bhanca, agus bha e air sin fhàgail aig mac a pheathar, a thug sùim dheth air ais don cholaiste ag iarraidh orra a chleachdadh airson taic a thoirt do sgoilearan bochda.'

'Bha sin gasta,' thuirt Tormod.

'Bha, ach chan e sin an rud a tha cudromach,' arsa Morna. 'Is e an còta aige a tha cudromach, agus chaidh sin a chur gu bùth a bha a' reic seann aodaich agus an t-airgead a dhèanadh iad ga chur gu clann thall thairis aig nach robh biadh gu leòr. Thàinig an còta seo a-steach ann am baga mòr làn stuth a' phroifeasair agus bha a h-uile rud caran seann-fhasanta, fiù 's aig an àm sin, ach chuir iad an còta mòr air an rèile co-dhiù. Uill, bhiodh daoine a' tighinn agus a' falbh agus cha robh duine sam bith airson còta cho seann-fhasanta a cheannach, agus bha muinntir na bùtha a' dol a shadail a' chòta air falbh, ach air an latha seo fhèin thàinig oileanach a-steach agus chunnaic e an còta agus shaoil e gum biodh e èibhinn rud mar seo a chur air, mar Sherlock Holmes, ach cha robh airgead gu leòr aige airson a cheannach.

'Chunnaic am boireannach a bha os cionn na bùtha gun robh an duine seo na sheasamh an sin a' coimhead air a' chòta, agus thuirt i ris gum faodadh e a chur air. Cha robh e airson innse dhi nach robh airgead gu leòr aige agus mar sin chuir e air an còta dìreach airson a bhith modhail, agus chunnaic e sa mhionaid gun robh e a' tighinn ris gu mòr. "Nach tu a tha spaideil," thuirt am boireannach ris. "'Eil thu a' dol ga cheannach?" Dh'fheumadh an t-oileanach aideachadh an uair sin, "Tha mi duilich, ach chan eil airgead gu leòr agam." Cha robh aige ach dàrna-leth a' phrìs, ach ghabh am boireannach truas ris. Bha iad a' dol a shadail a' chòta a-mach co-dhiù, agus fiù 's aig prìs nas saoire bhiodh iad a' faighinn airgead airson na cloinne bochda thall ann an Afraga, agus mar sin thug i dha an còta, phàigh esan sùim a bha tuilleadh is reusanta agus bha a h-uile duine toilichte.

'Rinn caraidean an oileanaich gàire nuair a chunnaic iad an còta ùr aige. "Nach robh còta mar sin aig an t-seann phrof a bha siud, fear na Greugais?" thuirt iad. Ach bha an t-oileanach, air an robh Raghnall, coma co-dhiù. Bhiodh esan blàth agus cofhurtail, agus bhiodh a charaidean a bha ro phròiseil a bhith a' cur seann aodaich orra fuar tron gheamhradh. Agus cuideachd, a rèir mo sheanmhar, tha e a' còrdadh ri cuid a dh'oileanaich a bhith a' cur aodach neònach orra, airson cumail a-mach gu bheil iad nas inntinniche na tha iad.

'Co-dhiù, bha an t-oileanach an sàs ann am pròiseact rannsachaidh a' coimhead air dualchas agus litreachas agus òrain agus rudan mar sin, agus bha ùidh mhòr aig na sgoilearan a bha ag obair còmhla ris anns na seann sgeulachdan agus bàrdachd a bh' aig daoine sna h-eileanan seo.'

'Sna h-eileanan againne?'

'Seadh, gu h-àraid san eilean againn fhìn, a Thormoid. Agus bha iad a' sireadh cuideigin a bha deònach falbh gu tuath air an trèana agus an uair sin air a' bhàt'-aiseig – agus b' e turas tòrr na b' fhaide a bh' ann sna làithean sin – airson ùine a chur seachad air an eilean a' clàradh sgeulachdan nan seann daoine.'

'An e Am Bàrd Mòr a bh' aca air an duine seo?' dh'fhaighnich Tormod.

'Cha tuirt Granaidh gum b' e,' fhreagair Morna.

'An robh e uabhasach àrd agus feusag mhòr ruadh air?'

'Chan eil fhios agam. Cha tuirt i cò ris a bha e coltach. A bheil e gu diofar?'

Bha Tormod a' smaoineachadh air na bha Ruairidh air innse dha mun Bhàrd Mhòr agus Cailleach an Tobair, ach cha tuirt e ri Morna ach, 'Chan eil.'

'Uill, cha robh Raghnall airson Cambridge fhàgail, oir bha e air a bhith a' suirghe air an tè seo Charlotte agus leis na làithean-saora air fàire bha esan an dùil gum biodh e fhèin agus Charlotte a' caitheamh nan seachdainean a bha romhpa a' dol suas is sìos an abhainn ann am bàta agus a' gabhail teatha ann an cafaidhean beaga anns a' bhaile. Bheireadh seo cothrom dha a' cheist chudromach a chur oirre – an robh i deònach a phòsadh. Ach a-nis bha na sgoilearan ag iarraidh air falbh gu eilean fada, fada gu tuath a' giùlan inneal-clàraidh trom, agus dh'fheumadh e a dhol mun cuairt a' gnogadh air dorsan agus ag iarraidh air srainnsearan sgeulachdan innse dha ann an cànan nach robh e a' tuigsinn. A' bhliadhna roimhne sin, thill fear de na sgoilearan às an eilean is e air a bhith ann nas lugha na seachdain, agus aodann 's a chraiceann gu lèir air at le bìdean nam meanbh-chuileag. Cha robh e air na clàran fhaighinn a bha a cho-obraichean ag iarraidh agus bha iad cho feargach leis gun do chaill e obair.

'Cha robh Raghnall cinnteach dè bu chòir dha dèanamh. Bha e airson dearbhadh gun robh e math air obair, ach air an làimh eile cha robh e airson dealachadh bho Charlotte agus gu deimhinne cha robh e airson 's gun rachadh a bhìdeadh leis a' mheanbh-chuileig.

'Bhruidhinn e ri Charlotte, nach robh cho fada troimh-a-chèile 's a bha e an dùil a bhiodh i, agus thuirt i ris gum bu chòir dha a dhol ann. Cha bhiodh e air falbh ach sia seachdainean, agus bhiodh ise fhathast ann nuair a thilleadh e. Mar sin, dh'aontaich Raghnall agus chuir e an stuth aige ann am màileid agus cheannaich e tiogaid airson trèana a bhiodh ga thoirt suas a Dhùn Èideann agus an uair sin gu Inbhir Nis agus dhan Chaol. Bha e air litir a chur chun a' mhinisteir anns a' bhaile seo ag ràdh gun robh e airson fuireach anns a' mhansa.'

'Carson nach do dh'fhuirich e san taigh-òsta?' thuirt Tormod.

'Chan eil fhios agam. Is dòcha nach robh e air a thogail an uair sin.'

'Nach do dh'inns do sheanmhair cuin a chaidh a thogail?'

'Cha do bhris mise a-steach oirre airson ceistean mar sin fhaighneachd,' thuirt Morna, agus chunnaic Tormod nach robh i toilichte leis.

'Co-dhiù, bha e gu bhith a' fuireach anns a' mhansa agus bha am ministear toilichte gu leòr mu dheidhinn sin. Thàinig e air a' bhàt'-aiseig agus bha an còta mòr clò air, agus bha e toilichte gun robh leithid a dh'aodach aige, oir bha an aimsir sgriosail. Smaoinich e air Cambridge agus na bàtaichean air an abhainn agus na leadaidhean sna dreasaichean samhraidh aca, agus air Charlotte, a bha na bu bhòidhche na na leadaidhean eile air fad, agus chuir e roimhe an obair-clàraidh a dhèanamh cho luath 's a b' urrainn dha gus nach biodh aige ri fuireach air an eilean mionaid na b' fhaide na dh'fheumadh e.'

'A bheil Cambridge cho sònraichte?' dh'fhaighnich Tormod.

'Chan eil fhios agam,' arsa Morna. 'Ach bu mhath leam a dhol ann aon latha. Thuirt Granaidh gun robh ise airson cùrsa a dhèanamh aig an oilthigh ann, ach cha do rinn i sin. Neach-saidheans a bha gu bhith innte, a' cruthachadh spreadhaidhean le ceimigean, ach phòs i mo sheanair agus cha do thachair sin.'

'Ò!' Cha robh càil eile ri ràdh. Cha robh Tormod a-riamh air smaoineachadh air seanmhair Morna a' làimhseachadh dad nas cunnartaiche na poit-teatha

mhòr is i a' lìonadh nan copanan às dèidh an t-searmoin.
'Nuair a dh'fhàsas mise mòr, chan eil mi a' dol a phòsadh idir,' thuirt Morna. 'Tha mi a' dol a dh'fhàgail an eilein agus a' dol a shiubhal air feadh an t-saoghail, agus tha mi a' dol a bhith ainmeil agus nì mi a h-uile rud a nì na balaich.'

Cha robh Tormod air smaoineachadh air dè dhèanadh esan. Bha a h-uile duine a' bruidhinn mun t-saoghal mhòr a bha a-muigh an sin, air tìr-mòr, thall thairis ann an dùthchannan eile. Thuige seo, gus an tuirt Morna gun rachadh ise air falbh, cha robh e air a thighinn a-steach air Tormod gum faodadh esan a bhith mar na daoine sna sgeulachdan. Seadh, bhiodh cuid a chloinn sa chlas aca a' falbh air làithean-saora – Murchadh, mar eisimpleir, a chaidh a chèilidh air uncail sa bhaile mhòr – ach bhiodh iad a' tilleadh agus bhiodh iad a' dol air adhart le rudan àbhaisteach. An dòigh san robh Morna a' bruidhinn, bha e mar nach robh dùil aice gun tilleadh i.

Smaoinich Tormod an uair sin air Iain air bòrd na luinge a' dèanamh air Ameireagaidh, agus air a' cheàrd a chaidh ann agus a dh'fhàs beairteach, agus air bràthair Ruairidh a bha cho toilichte shìos ann an Surrey, agus air mac Ruairidh nach robh air tilleadh a chèilidh air athair, agus air an duine ud Alasdair.

Ach bha Morna airson leantainn le a sgeulachd, 's bha i air barrachd ùine a thoirt ga h-innse do Thormod na bha a seanmhair nuair a dh'inns ise i do Mhorna, no bha e a' faireachdainn mar sin, leis cho tric 's a bha e a' briseadh a-steach oirre.

Dh'inns i dha gun do thòisich Raghnall air an obair 's gun robh a' dol dha math gu leòr, ach gum biodh e a' sgrìobhadh litir gu Charlotte a h-uile oidhche, ged nach robh am post a' fàgail an eilein ach dà thuras san t-seachdain, oir bha e ga h-ionndrainn agus fadachd air gun tilleadh e thuice. Bha e air a bhith a' clàradh beul-aithris a' bhaile fad cola-deug mus cuala e a' chiad òran luaidh air a sheinn beò, 's bha e air a ghlacadh leis, oir bha e cho ceòlmhor is cho eadar-dhealaichte bho na clàran a rinn a cho-obraichean aig an oilthigh. Bha e air a bhith a' cèilidh air seann bhoireannach a bha a' fuireach còmhla ri a piuthar, agus bha an dithis aca air rann no dhà a ghabhail, a chlàraich e air an inneal aige, agus fhad 's a bha e a' dèanamh sin, thàinig nàbaidh a-steach agus sheinn an triùir aca an t-òran air fad, oir bha cuimhne aig an nàbaidh air na facail. Agus airson mionaid no dhà cha do smaoinich e air Charlotte idir.

'Agus thuirt an seann bhoireannach ris, "Clò Hearach a tha sa chòta agad, 'ille, mura h-eil mi air mo mhealladh." Dh'aontaich a piuthar agus a nàbaidh gur e sin a bh' ann ceart gu leòr, agus a chionn 's gun robh an duine òg seo a' cosg clò às na h-eileanan aca fhèin bha iad deònach tòrr òrain eile a shlaodadh às an cuimhne gus an dèanadh esan na clàran aige.

'Dh'inns iad dha gun robh iad fhathast a' dèanamh clò. Gun robh daoine sna taighean aca a bhiodh ga fhighe agus daoine sa mhuilinn a bhiodh ga nighe, agus gum bu chòir dha coimhead air na bha ri fhaighinn sa bhùth ri taobh na muilne gus am faiceadh e na dathan is na pàtrain uile.'

'Ged nach robh pinc no buidhe no dearg ann,' thuirt Tormod. Cha do chuir e dragh air Morna gun robh e air briseadh a-steach a-rithist, oir bha e follaiseach gun robh e air a bhith ag èisteachd agus gun robh na pìosan aicese den sgeulachd air còrdadh ris.

'Fiù 's na pàtrain a bha donn is gorm is glas,' thuirt i. 'Cuimhnich, is e còta seann-fhasanta Sherlock Holmes a bh' aig Raghnall. Bha e ag iarraidh a bhith seann-fhasanta. Mar sin chaidh e dhan mhuilinn agus bhruidhinn e ris an luchd-obrach ann, agus a chionn 's gur e duine cudromach a bh' ann, a bha na sgoilear ann an oilthigh an Sasainn agus a bha a' fuireach còmhla ris a' mhinistear fhad 's a bha e air an eilean, thuirt iad gum bu chòir dha bruidhinn ri cuideigin ann an dreuchd àrd sa chompanaidh.'

'Agus cò bh' ann ach Raonaid!' thuirt Tormod.

'Sin agad e. Bha Raonaid a' cumail smachd air an airgead agus bha uallaichean mòra oirre. Cha b' e rud àbhaisteach a bh' ann dhi a bhith a' bruidhinn ri luchd-tadhail, ach air an latha a thàinig Raghnall a choimhead air a' mhuilinn cha robh duine nas àirde na ise a-staigh agus mar sin dh'inns i dha mun dòigh san robh iad a' dèanamh a' chlòtha is na diofar dhùthchannan air feadh an t-saoghail dham biodh iad ga chur. Sheall i dha a' mhuileann agus bha Raghnall air a bheò-ghlacadh leis a h-uile rud a thuirt i ris, nas motha na bha na h-òrain air a ghlacadh.

'Nuair a bha i air còrr is uair a thìde a chur seachad a' bruidhinn ris, bha Raonaid airson tilleadh gu a cuid obrach, ach cha robh Raghnall airson falbh. Chuir e ceist às dèidh ceist às dèidh ceist oirre, agus dh'inns e dhi mu òrain luaidh nan cailleach. Cha robh Raonaid mì-mhodhail gu leòr airson iarraidh air falbh, ged a bha rudan eile aice ri dhèanamh, agus dh'inns i dha, ged nach robh i cinnteach carson a thuirt i e, gun robh i fhèin air a bhith an làthair aig an luadh mu dheireadh sa bhaile.

'"An robh?" dh'fhaighnich Raghnall. Bha seo mìorbhaileach. Shaoil e gum biodh e uabhasach inntinneach bruidhinn ri Raonaid mun luadh a bha seo, 's gum biodh e air leth inntinneach bruidhinn rithe mu chuspair sam bith. Bha i sònraichte, am boireannach seo. Mar a bu mhotha a bha e a' bruidhinn rithe is ann a bu mhotha a bha e a' smaoineachadh nach robh boireannach eile coltach rithe. Cha robh i òg, ach bha i tarraingeach. Gu dearbh, bha i bòidheach. Cha robh e a-riamh air boireannach cho bòidheach fhaicinn.'

'Chuir i an clò fo gheasaibh,' thuirt Tormod. 'Agus thuit e ann an gaol leatha.'

'A Thormoid, tha thu a' milleadh na sgeulachd orm.'

'Duilich, duilich, ach is e sin a bh' ann, nach e?'

''S e. Às dèidh ùine garbh fada.'

Dè cho fada, ge-tà? Dh'fheuch Tormod agus Morna ri obrachadh a-mach. Fichead bliadhna co-dhiù. Bha an còta air a bhith aig a' phroifeasair fad fichead bliadhna. Ach dè cho fada 's a bha am bolt clòtha na laighe ann am bùth an tàilleir? Cuin a dh'fhàg Seumas Chaluim an t-eilean? Dè an aois a bha Raonaid a-nis? Bha e coltach ri leasan àireamhachd, ach cha robh Miss Robinson an làthair airson an cuideachadh an turas seo.

'Chan eil am fiosrachadh cudromach, ge-tà,' thuirt Morna. 'Còrr is fichead bliadhna, agus bha Raonaid co-dhiù fichead bliadhna nas aosta na Raghnall, agus thuit e ann an gaol leatha. Na facail a chuir i ris an òran, dh'obraich iad.'

'Ach nach do dh'ainmich i Seumas Chaluim san òran?' thuirt Tormod.

Smaoinich Morna air seo. Bha Tormod ceart. Bha i cinnteach gun robh a seanmhair air na facail innse dhi sa chiad phàirt den sgeulachd, gun robh i air an duine a bha a cridhe ag iarraidh ainmeachadh. Cha robh i air càil a ràdh mu dheidhinn a bhith a' cur duine sam bith a chuireadh an clò sin air fo gheasaibh, dìreach Seumas. Bha a' gheas air a dhol ceàrr, ma-tà.

'Ach, a Mhorna, dè mu dheidhinn Charlotte?'

'Uill, a rèir Granaidh, bha Charlotte a' cur seachad nam mìosan samhraidh a' dèanamh nan rudan a bhiodh leadaidhean òga a' dèanamh ann an Cambridge aig an

àm sin. A' dol gu pàrtaidhean, a' cèilidh air an caraidean, a' cluich croquet.'
'Dè th' ann an croquet?'
'Chan eil mi cinnteach. Coltach ri fighe, saoilidh mi.'
'Sin crochet.' Bhiodh màthair Thormoid a' dèanamh an dà chuid fighe agus crochet.
'Ò!' Bha Morna a' faireachdainn rud beag gòrach. Sin an trioblaid le bhith ag ath-inns sgeulachdan dhaoine eile. Dh'fheumadh i faighinn a-mach dè bh' ann an croquet mus innseadh i an sgeul do chuideigin eile, ged nach robh ùidh no foighidinn aig a' chloinn eile mar a bha aig Tormod.
'Chan eil e gu diofar,' thuirt Tormod. 'Bha Charlotte an dùil gun tilleadh Raghnall agus gun iarradh e oirre a phòsadh.'
'Seadh, ach a-nis bha e air Charlotte a chur às inntinn.'
'A Thormoid!' bhris guth Peigi a-steach air an t-saoghal aca. 'A Mhorna! Tha e ceithir uairean. Càit a bheil sibh?'
'Mo sheanair,' thuirt Morna. 'Thuirt e gun tilleadh e aig ceithir uairean.'
'Ach tha mi airson an còrr den sgeulachd a chluinntinn.'
'Is tha mise airson a h-innse, ach feumaidh sinn feitheamh gu latha eile.'
Cha robh cothrom eile ann. Dh'fheumadh iad a dhol sìos agus dh'fheumadh Morna a dhol dhachaigh. Agus dh'fheumadh iad Raonaid agus Raghnall agus Charlotte fhàgail gu latha eile.
Dh'iarr Peigi air Tormod a h-uile geama is leabhar a bha e fhèin agus Morna air fhàgail san t-seòmar-suidhe a chur air ais nan àite fhèin, agus mus robh fios aige càit an robh an tìde air a dhol bha a shuipear deiseil. Cha robh an t-uisge air stad fad an latha ach bha deagh spòrs air

a bhith aca. Bha inntinn a' bhalaich bhig a' ruith thairis air an sgeulachd mu dheidhinn Raonaid, agus bha e an amharas nach robh Morna air a h-aithris ceart. Bha i air an tionndadh ùr aice fhèin a dhèanamh den sgeul a dh'inns a seanmhair dhi, agus mar a bha fios aig Tormod bhiodh sgeulachdan ag atharrachadh, mar an geama a bha siud nuair a bhiodh aon neach a' dèanamh cagar ann an cluais a nàbaidh, agus rachadh an teachdaireachd timcheall, agus nuair a chanadh an neach mu dheireadh sa chearcall an rud a chuala esan no ise, gu math tric cha robh samhla aige ris an abairt a bh' aca an toiseach.

'A Mhamaidh, a bheil boireannach sa bhaile air a bheil Raonaid?'

'Tha Raonaid NicLeòid ann. Tha thu eòlach oirre, nach eil?'

'Chan e an tè sin,' arsa Tormod.

'Cò an tè?' dh'fhaighnich a mhàthair.

'Tè a bha Morna ag innse dhomh mu dheidhinn. Thuirt i gun do thachair e bho chionn fhada, ach cha tuirt i cuin.'

'Agus dè thachair?'

'Bha iad a' luadh pìos clòtha. An turas mu dheireadh a rinn iad sin sa bhaile seo, agus bha am boireannach seo Raonaid an sàs ann.'

'Bidh iad fhathast a' dèanamh clò. Tha muileann air iomall a' bhaile. Nach eil mamaidh Andaidh sa chlas agad ag obair ann?'

Bha a mhàthair ceart. Mar as trice bhiodh Tormod a' seachnadh Andaidh nam b' urrainn dha. Caraid do Phòl Mòr a bh' ann ged nach robh e cho àrd no cho làidir no cho brùideil ris.

'An e Raonaid an t-ainm a th' air mamaidh Andaidh?'

'Chan e. Is e Màiri Anna a th' oirre.'

Màiri Anna? Mar a bha san sgeulachd mun nighinn

a ghlac an galar breac. Bha cus dhaoine sa bhaile seo leis an aon ainm. Bha co-dhiù triùir Thormoidean, ach b' e bodaich a bha san dithis eile. Cha robh Tormod eòlach air balach den aon aois ris fhèin leis an ainm sin. Cha robh ach an aon Mhorna, ach bha ainmean mar Raonaid is Màiri Anna is Iain cumanta. Agus Alasdair. Bha e a' dol a dh'fhaighneachd do Ruairidh mu dheidhinn Alasdair, ach nach robh iomadh Alasdair is iomadh Ruairidh sa bhaile? Feumaidh gun robh e air ceangal a lorg eadar na h-ainmean sin a chionn 's gun robh a mhac-meanmna ag obair ro chruaidh.

Ach bha an duine sin eòlach air. Bha fios aige gur e Tormod a bh' air. Ach nuair a smaoinich am balach beag a-rithist air na thachair a' bhòn-dè, chuimhnich e air Murchadh a' sreap suas gu mullach balla agus ag èigheachd, 'Seall orm, a Thormoid! Is mis' am fear as àirde!' aig àird a chlaiginn. Bha an duine sin na sheasamh aig stad a' bhus nach robh idir fada air falbh. Bhiodh e air guth Mhurchaidh a chluinntinn, sin uile.

'A Mhamaidh, dè th' ann an croquet?' dh'fhaighnich am balach beag.

'Croquet?' Chuir a' cheist seo iongnadh oirre. 'Seòrsa geama a th' ann. Bidh thu ga chluich a-muigh air an fheur, a' feuchainn ri ball a chur tro lùban le caman a tha coltach ri òrd mòr.'

'Òrd mòr?' Dh'fheuch Tormod ri ìomhaigh a chur ri chèile na inntinn stèidhichte air a' mhìneachadh seo, agus a' tarraing a-steach an fhiosrachaidh gur e leadaidhean Sasannach mar Charlotte a bhiodh ga chluich.

'Dè thug ort sin fhaighneachd?'

'Dìreach rudeigin a bha Morna ag innse dhomh. San sgeulachd a bh' aice mu dheidhinn Raonaid.'

'Cha chuala mi a-riamh gun robh daoine a' cluich croquet sa bhaile seo,' thuirt Peigi. 'Chan eil mòran àitichean anns am faigheadh tu pìos fearainn a tha rèidh gu leòr.'

'Chan ann an seo a bha iad a' cluich croquet, ge-tà, ach ann an Cambridge.'

'Cambridge, eh? Abair sgeulachd inntinneach. Is dòcha gun innseadh tu dhòmhsa i, a Thormoid.'

'Ach chan eil mi air an deireadh a chluinntinn fhathast,' thuirt e.

'Uill, is dòcha gum bu chòir dhomh feitheamh gus am bi a h-uile pìos den sgeulachd agad,' arsa Peigi, mothachail air cho sgìth 's a bha i. An t-uisge as coireach; bha fuaim an uisge a' bualadh air na h-uinneagan air a bhith a' lìonadh a cinn fad an latha. Chaidh Tormod suas gu a leabaidh mar bhalach ciallach, agus thuirt Peigi gun tigeadh i ann am mionaid no dhà airson stòiridh is pòg a thoirt dha, ach thuit i na cadal san t-sèithear agus thuit esan na chadal san leabaidh, agus bha e deich uairean mus do dhùisg Peigi a-rithist. Chaidh i mun cuairt a' cur dheth nan solas, agus a' cur mallachd oirre fhèin gun robh i air dealan a losgadh gan cumail air gun fhiost' fhad 's a bha i na cadal, agus chaidh i gu sàmhach suas an staidhre a choimhead air a mac, a bha na shuain chadail.

A' cèilidh air Ruairidh

SHAOILEADH TU GUM biodh an t-uisge a' glanadh an eilein, a' fàgail nan achaidhean nas uaine is na dathan nas soilleire. Seach sin, bha e air an t-eilean a bhogadh is air am poll a shluasireadh far nan achaidhean agus sìos gu na rathaidean, is bha e air na taighean fhàgail glas is donn. Mullaichean a chumadh taigh tioram tro shileadh àbhaisteach, cha robh iad air an t-uisge seo a chumail a-mach, agus air feadh a' bhaile bha daoine a' lorg phìosan plastair fliuch far an robh an t-uisge air a thighinn tron bhalla agus lodanan beaga fo na h-uinneagan far an robh am fiodh air sgàineadh.

Bha Peigi fortanach gun robh an taigh aicese ceart gu leòr. Bha beagan uisge air a thighinn a-steach fon doras chùil ach cha robh e air an t-uabhas cron a dhèanamh. Aon rud a chanadh tu mun taigh seo, ged nach robh e bòidheach no spaideil bha e gan dìon bhon aimsir. Bhiodh daoine eile ann an taighean tòrr nas luachmhoire nach biodh idir toilichte leis na bhiodh romhpa ri chur ceart a-nis, agus bhiodh na saoir, MacIllInnein agus a mhac, trang fad sheachdainean.

Thuirt i gum faodadh Tormod a dhol a chèilidh air Ruairidh. Dh'fheumadh i fhèin a dhol a chèilidh air airson dèanamh cinnteach gun robh e ceart gu leòr. Dhèanadh i sin air an t-slighe air ais bhon bhùth. Bha Ruairidh air a bhith math dhi, a' dèanamh rudan beaga nach b' urrainn dhi fhèin a dhèanamh – agus nach robh airgead gu leòr aice a bhith a' pàigheadh MhicIllinnein airson a dhèanamh – ach thigeadh latha nuair a bhiodh esan a' cur feum air taic a bharrachd bhuaipese.

Am biodh Tormod fhathast còmhla rithe nuair a thigeadh an latha sin? Smaoinich i air na cothroman a bha roimhe – oilthigh, obair, siubhal – ach cha robh e furasta dealbh dheth fhaicinn na h-inntinn. Morna, seadh. Chitheadh i Morna san oilthigh, na boireannach òg misneachail, deiseil le freagairt gheur airson a h-uile rud a chluinneadh i. Chitheadh i Murchadh cuideachd, làn dheth fhèin, cus misneachd, a' toirt a chreids' gur e duine mòr a bh' ann. Bha Tormod air rudeigin a ràdh mu cho tric 's a bhiodh Murchadh ag innse bhreugan. B' urrainn dhi sin a chreidsinn. Ach bha Murchadh... ciamar a chuireadh i an smuain an cèill? Bha e nas eòlaiche, nas seòlta, nas mothachaile air a shuidheachadh fhèin na bha Tormod, a bha fhathast neoichiontach. Is dòcha nach robh i air a bhith onarach gu leòr leis, a' smaoineachadh nach robh e deiseil fhathast. Dh'fheumadh fios a bhith aige aon latha. Cha b' urrainn dhi a chumail mar phàiste fad a bheatha. Ach an-dràsta, a' feuchainn ri a mac fhèin fhaicinn na h-inntinn is e sia bliadhn' deug a dh'aois, no fichead no nas aosta na sin, cha robh an ìomhaigh a' tighinn thuice idir.

Na seasamh air an stairsnich choimhead i gu deas, thairis air na h-achaidhean bàthte, agus chunnaic i Tormod air an rathad gu taigh Ruairidh, a' leum thairis air na lodanan uisge, gus an deach e air cùl taigh Marsaili agus a-mach à sealladh.

Bha doras taigh Ruairidh fosgailte, mar a bhiodh e tric gu leòr, ach an turas seo chuala am balach beag guthan bhon taobh a-staigh – guth Ruairidh agus guth boireannaich a dh'aithnich e, ach cha b' urrainn dha cuimhneachadh cò bh' ann.

'Far an robh luchd-obrach na comhairle a' càradh an rathaid,' bha an guth boireannta ag ràdh. 'Agus cha bhiodh e na iongnadh dhomh nam biodh aca ris a' chuid as motha den obair sin a dhèanamh a-rithist às dèidh tuil na h-oidhche raoir. Mo chreach, a Ruairidh, tha mi a' guidhe a-nis gun robh mi air glainne dhùbailte a chur ann an-uiridh nuair a bha cothrom agam, agus deagh phrìs a bh' aig an duine ud cuideachd, ach an do rinn mi sin? Cha do rinn idir. "Och, a Chiorstaidh," thuirt mi rium fhìn…'

Ciorstaidh Bhàn. Sin an tè a bh' ann. Bha Tormod tuilleadh is eòlach air a guth-se.

'Dè thuirt mi ach, "Bidh na h-uinneagan sin ceart gu leòr. Mairidh iad bliadhnaichean fhathast." Agus sa mhadainn an-diugh bha mi a' coimhead san leabhar-fòn airson companaidh a tha comasach air uinneagan ùra a chur a-steach. Chan e a' ghlainne a tha ceàrr, tuigidh tu, a Ruairidh, ach na pìosan timcheall air, is am fiodh air a ghrodadh. PVC, sin an stuth a tha a dhìth orm.'

Dh'fhuirich Tormod far an robh e agus dh'èist e. Chuala e Ruairidh ag aontachadh gun robh an t-uisge air a bhith uabhasach, ach rudeigin na ghuth nach robh buileach a' nochdadh gun robh ùidh aige ann an uinneagan Ciorstaidh.

'Duilich, duilich, a Ruairidh,' thuirt i. 'Chan ann airson bruidhinn mu na h-uinneagan agam a thàinig mi ach, mar a thuirt mi, airson innse dhut gun tuirt Eilidh rium gun robh e sa bhaile air an latha ud, nuair a chuir iad crìoch air obair nan rathaidean, oir nach d' fhuair ise teàrr air na brògan aice, agus tha fios agad gu bheil an stuth sin cunnartach nuair a tha e fhathast teth, agus cha ghabh a shioftadh aon uair 's gu bheil e air tiormachadh.'

'Ach, a Chiorstaidh,' thuirt Ruairidh, a' briseadh a-steach oirre. 'A bheil i cinnteach gur e Alasdair a bh' ann?'

Alasdair. An duine aig stad a' bhus.

'Cho cinnteach 's a ghabhas, a Ruairidh. Nach tàinig e an seo idir?'

'Cha tàinig, cho fada 's a tha fios agam. Nan robh e air a thighinn fhad 's a bha mi a-muigh, bhiodh e air nota a sgrìobhadh, nach biodh?'

'Am biodh, ge-tà?' thuirt Ciorstaidh.

'Uill, tha fios aige càit a bheil mi a' fuireach. Agus thuirt mi ris gum faodadh e tilleadh uair sam bith.'

'Airson fuireach còmhla riut?' dh'fhaighnich i.

Agus an uair sin, ann an guth nas socaire, ged nach robh duine sam bith eile ann airson a cluinntinn – ach a-mhàin am balach beag, agus cha robh fios aice gun robh e aig an doras – chuir i a' cheist mhòr. 'Dè thachair, a Ruairidh? Carson a dh'fhalbh Alasdair a-rithist?'

'Chan eil fios agam, a Chiorstaidh, agus is e sin an fhìrinn ghlan,' fhreagair Ruairidh. 'Ach tapadh leat airson innse dhomh. Mura b' e gun robh thu fhèin agus Eilidh a' cumail sùil air na tha a' dol sa choimhearsnachd bhiodh a' chuid as motha againn gu tur aineolach.'

Chuala Tormod gun robh iad a' tighinn nas fhaisge air an doras agus dh'fhalbh e dhan oisean far an robh preas mòr aig ceann an taighe, dìreach ann an ùine mus do nochd Ciorstaidh air an stairsnich. Choimhead e oirre air a slighe sìos chun an rathaid, Ruairidh ga cuideachadh far an robh poll air an staran a chòmhdachadh, is e ag ràdh gun robh e fa-near dha an gàrradh a sgioblachadh ceart nam maireadh e tioram, agus ise ag ràdh gun robh a h-uile teans gum maireadh, oir cha bhiodh uisge air fhàgail anns na speuran. Stad iad aig a' gheata, agus bha iad ro fhada air falbh a-nis airson an còmhradh eatarra a chluinntinn, ach chuala Tormod an t-ainm 'Alasdair' a-rithist, air a ghiùlan ga ionnsaigh air oiteag gaoithe, mus do choisich Ciorstaidh

Bhàn air falbh a dh'ionnsaigh oifis a' phuist.

'Madainn mhath, a Thormoid,' thuirt Ruairidh, a' tionndadh air ais agus a' tighinn suas chun an taighe a-rithist.

'Ciamar a bha fios agaibh gun robh mi an seo?' arsa Tormod, a' tighinn a-mach às an àite-falaich aige.

'Làrach do bhrògan, a bhalaich.' Agus anns a' pholl bha lorg a cheumannan cho follaiseach 's a ghabhadh.

'Chuala mi na guthan agaibh,' thuirt e. 'Cha robh mi airson a thighinn a-steach. Cha toil leam Ciorstaidh Bhàn. Tha i a' cur eagal orm.'

'Am boireannach ud, tha naidheachdan a' bhaile air a bhith air a bilean bho bha i sa bhun-sgoil. 'S ann agam a tha fios oir bha mise san aon chlas còmhla rithe.'

Bha e annasach a bhith a' smaoineachadh mu dheidhinn Ruairidh mar bhalach sa bhun-sgoil, no mu Chiorstaidh Bhàn mar nighean bheag. Thàinig smuain ùr a-steach air Tormod gun sireadh, gun iarraidh, agus chunnaic e na inntinn e fhèin agus Morna aig aois... uill, dè an aois a bha Ruairidh? Trì fichead, ceithir fichead, ceud, cha robh e cinnteach. Sna filmichean air an telebhisean bhiodh daoine san àm ri teachd ag ithe philichean an àite biadh, a' cur orra aodach gleansach airgid an àite cotan no clòimh, is ag itealaich air feadh an àite ann an innealan beaga a bheireadh gu Ameireagaidh thu ann an dà dhiog. Ach san ìomhaigh a bha aig a' bhalach bheag bha esan agus Morna fhathast anns a' bhaile seo, liath mar Ruairidh is Ciorstaidh – nach robh air a bhith bàn a-riamh fhad 's a bha Tormod beò – agus bha iad fhathast a' dol don eaglais agus don bhùth agus fhathast ag èisteachd ri sgeulachdan mu eachdraidh a' bhaile, anns an robh ainmean nan caractaran gam measgachadh agus an fhìrinn a bha uair aig cridhe nan sgeulachdan a' dol nas lugha leis gach ath-aithris.

Ron àm sin cha robh Tormod air smaoineachadh mu bhith a' fàs aost'. Bha e air smaoineachadh mu bhith a' fàs suas, ag ràdh ri Murchadh gum biodh e na shaighdear, no ri Morna gum biodh e na thidsear, no ris fhèin gum biodh e na speuradair, ach cha robh e air coimhead nas fhaide air adhart na sin.

'Thig a-steach, ma-tà, 'ille,' thuirt Ruairidh, 'agus inns dhomh dè rinn thu an-dè.'

''Eil sibh a' smaoineachadh gum faca Ciorstaidh Bhàn na lorgan agam sa ghàrradh?'

'Chan eil. Bidh i a' bruidhinn cus, ag èisteachd ri fathannan agus a' cur a sròin a-steach far nach eil gnothach aice, ach chan eil i a' cleachdadh a sùilean mar bu chòir. Tha thu sàbhailte gu leòr.'

Bha Thomasina air a lorgan fhèin fhàgail air làr a' chidsin agus air a' bhrat san trannsa, agus bha i a-nis ag imlich a spògan.

'Chan eil thu a' dol a ghlanadh an làir, ge-tà, a bheil?' thuirt Ruairidh rithe, ga putadh far a shèitheir agus a' suidhe sìos.

'Nì mise e ma tha thu ag iarraidh,' arsa Tormod. Cha robh e cinnteach carson a thuirt e sin. 'S ann glè ainneamh a chanadh e ri a mhàthair gun dèanadh e rud mar sin aig an taigh, ged a bhiodh e deònach gu leòr nan iarradh i air rud sònraichte a dhèanamh.

Tha thusa ceart gu leòr, a Thormoid,' arsa Ruairidh. Cuiridh mi copan teatha air dòigh is fàgaidh sinn an glanadh an-dràsta.'

Bha iad sàmhach fad diog no dhà. B' e seo an t-àm.

'A Ruairidh,' thuirt am balach beag. 'An e Alasdair ur mac?'

''S e,' thuirt am bodach gu sìmplidh. 'Dh'fhalbh e bho chionn bhliadhnaichean a-nis. Chan eil Ciorstaidh a' bruidhinn ach sgudal.'

'Chunnaic mis' e. Aig stad a' bhus. 'S e an fhìrinn a bh' aig Ciorstaidh. Bha Alasdair an seo sa bhaile.'

Cha robh Ruairidh cinnteach dè bu chòir dha a ràdh. Chan innseadh Tormod breug dha; bha e ro neoichiontach airson càil a ràdh nach robh fìor. Dh'fheumadh e seo a làimhseachadh gu faiceallach.

'Cò ris a bha e coltach, an duine seo a chunnaic thu?'

'Bha e bàn agus àrd agus bha seacaid an airm air. Thuirt e, "Nuair a chì thu Ruairidh Mòr can ris gun robh Alasdair a' gabhail a naidheachd." Bha mi a' ruith airson innse dhuibh nuair a thuit mi agus thug Seonag dhachaigh sa chàr mi, agus an-dè bha an t-uisge ann agus cha b' urrainn dhuinn a dhol a-mach ach bha Morna airson a thighinn a chèilidh oirbh agus coimhead air na h-eich air an t-slighe, agus bha mi a' dol a dh'fhaighneachd do mo mhàthair cò bh' ann an Alasdair, ach cha robh mi ag iarraidh gum biodh i a' gal a-rithist.'

Bha facail Thormoid a' taomadh a-mach ach cha robh a h-uile rud a' dèanamh ciall.

'Sssssh!' thuirt Ruairidh. 'Gabh air do shocair, a Thormoid. Tòisich aig an toiseach. Càit an robh thu nuair a chunnaic thu an duine seo?'

Dh'inns Tormod dha gun robh iad aig iomall a' bhaile aig taigh Cailleach an Tobair, mar a bha Murchadh a' leum mun cuairt agus mun duine aig stad a' bhus is cho mì-chofhurtail 's a bha e nuair a thug Murchadh ainmean breugach dha, ach gun robh e taingeil an uair sin a chionn 's gun robh an duine fhèin ga fhàgail nas mì-chofhurtaile buileach, agus gun robh fios aige dè an t-ainm a bh' air co-dhiù.

'Agus cha robh thu air an duine seo fhaicinn roimhe?'

'Bha. Aon turas, tha mi a' smaoineachadh, nuair a bha sinn ag obair sa ghàrradh aig an sgoil. Ach chan eil mi cinnteach.'

'Uill, tha sin neònach, ceart gu leòr,' ars am bodach. Sàmhchair. Bha Tormod a' faireachdainn gum bu chòir dha cead iarraidh mus bruidhneadh e a-rithist, agus dè bha aige ri ràdh co-dhiù? Mu dheireadh thall, bhruidhinn Ruairidh a-rithist.

'Bha Alasdair na bhalach beag snog. Coltach riutsa ann an iomadh dòigh, a Thormoid. Bha e tapaidh agus bha sradag ann, ach dh'fhaodadh e a bhith diùid cuideachd, agus uaireannan bha mi ag iarraidh gum biodh barrachd misneachd aige. Dh'inns mi dha gum b' urrainn dha obair sam bith a dhèanamh nuair a dh'fhàsadh e mòr. Cha b' e sgoilear a bh' ann, agus cha bhiodh an t-oilthigh air còrdadh ris, ach bhiodh e a' leughadh gun sgur mu dheidhinn eachdraidh. Na leabhraichean a th' agam mu chogaidhean, is ann dhàsan a cheannaich mi a' chuid as motha dhiubh. Agus na saighdearan a bha sinn a' peantadh, bha iad agam nuair a bha mi fhìn nam bhalach, agus bhiodh Alasdair a' cluich leotha nuair a bha esan òg. Sna làithean seo chan fhaigh thu a leithid sna bùithtean. Ro chunnartach, saoilidh mi, dèideagan luaidhe, ach tha cuideam annta agus mairidh iad bliadhnaichean.

'Co-dhiù, thuirt Alasdair gun rachadh e dhan arm, agus bha mi toilichte. Dh'inns mi dhut gun robh mi fhìn san arm airson greiseag, nach do dh'inns?'

'Dh'inns, ach cha do chòrd e ribh. Ach chòrd e ri ur bràthair.'

'Chòrd gu dearbh, agus bha Alasdair a' dol a leantainn na h-aon slighe. Dreuchd mhath. Cothroman air leth a bhith a' siubhal 's a bhith a' faicinn an t-saoghail, agus bha e ceart gu leòr an toiseach. Thilleadh e dhachaigh làn naidheachdan cho sunndach 's a ghabhas agus bha an obair a' còrdadh ris cho math 's gun deach dithis bhalach eile bhon chlas aige dhan arm cuideachd às dèidh dhaibh na sgeulachdan aige a chluinntinn. Tha fear dhiubh na mhàidsear a-nis.

'Agus chun an latha seo fhèin chan eil mi cinnteach dè chaidh ceàrr. Chaidh a leòn, sin mar a thòisich an trioblaid.'

'Ann an cogadh?'

'Chan ann. Bha iad an sàs ann an eacarsaich. A' trèanadh, a' leigeil orra gun robh iad a' sabaid, agus thuit e agus bhris e a chas ach thuirt na dotairean gum biodh e slàn a-rithist gun dàil, ach... uill, chan eil fhios agam dè bh' ann. Fhuair e obair eadar-dhealaichte fhad 's a bha a chas sa phlastair, a-staigh san oifis an àite a bhith a-muigh agus a' ruith mun cuairt, agus thuirt e nach robh sin a' còrdadh ris, ach bha fios aige nach biodh e ga dhèanamh ro fhada, agus...'

Mar as trice nuair a bhiodh Ruairidh ag innse sgeulachdan bhiodh e a' cur charan san aithris, a' dol timcheall air na puingean as cudromaiche agus a' tilleadh thuca a-rithist, agus a' cur cheistean air Tormod air an t-slighe. Chan ann mar sin a bha an sgeulachd seo. Cha robh na facail aige airson a h-innse ceart. Chaill na seantansan am brìgh.

Bha na ceistean a' ruith tro inntinn a' bhalaich bhig. An robh Alasdair fhathast san arm? Bha seacaid an airm air, ach cha b' e èideadh ceart a bh' ann, dìreach an t-seacaid, agus briogais àbhaisteach. Dè thachair? Bha rudeigin air tachairt, rud nas miosa na cas bhriste, ach cha robh Ruairidh air a mhìneachadh fhathast, agus a-nis bha am bodach air stad, air ruith a-mach à facail, no a-mach à spionnadh.

'Tha mi duilich, a Ruairidh. Bha mi ceàrr a bhith a' faighneachd,' thuirt Tormod.

'Cha robh idir, a bhalaich. Cha robh idir. Chan eil adhbhar agad a bhith duilich. Dh'inns thu an fhìrinn agus chuir thu ceist onarach, agus sin mar bu chòir. Is mise nach eil air a h-uile rud innse dhut, agus tha e doirbh a dhèanamh ann an dòigh a bhios a' dèanamh ciall.'

Choimhead Ruairidh air a' bhalach bheag, a' faicinn pàiste neoichiontach ach cuideachd anam làn gliocais nàdarra nach deach a thruailleadh fhathast. Adhbhar dòchais? Thigeadh iomadh cnap-starra san rathad air a' bhalach fhathast, agus cha robh Ruairidh ag iarraidh gum biodh dìleab Alasdair ga chumail air ais, no gu dearbh a' leum suas nuair nach robh dùil aige ris agus a' nochdadh aig stad a' bhus. Dè bha e a' dèanamh sa bhaile co-dhiù? Agus carson nach tàinig e a chèilidh air?

'Am faca tu an duine sin faisg air an taigh agad idir?' dh'fhaighnich Ruairidh. 'An duine bàn aig stad a' bhus. An tàinig e a chèilidh air do mhàthair?'

'Chan eil fhios agam. Chan eil mi a' smaoineachadh gun tàinig.'

'Thuirt thu gun robh do mhàthair a' gal, nach tuirt?'

'Nuair a bha i a' freagairt a' fòn,' arsa Tormod, ag iarraidh gun rachadh Ruairidh air ais dhan sgeulachd mun arm agus cas bhriste Alasdair ach a' smaoineachadh nach biodh e glic faighneachd mu dheidhinn sin a-rithist.

'Cuin a bha seo? Cuin a bha i a' bruidhinn ri Alasdair air a' fòn?'

'Chan eil cuimhn' agam. An t-seachdain a chaidh, is dòcha. An t-seachdain roimhne sin. Chan eil mi cinnteach.' Bha feagal air Tormod, deòir ag èirigh na shùilean, agus chunnaic Ruairidh gun robh e air a bhith ga cheasnachadh ro chruaidh, mar gun robh e a' cur casaid às a leth.

'Na gabh dragh. Na gabh dragh, m' eudail. Cha do rinn thusa càil ceàrr.'

Ach bha am balach beag troimh-a-chèile agus cha

robh briosgaidean seòclaid a' dol a chur seo ceart.
 Thàinig smuain ùr a-steach air Ruairidh. Dh'fhalbh e dhan t-seòmar eile agus thill e le leabhar-dhealbh. Dh'fhosgail e an leabhar aig dealbh de sgioba ball-coise – fireannaich òga ann an dà shreath, nan seasamh aig a' chùl is nan suidhe aig an aghaidh. Nan aithnicheadh Tormod an duine ceart, bhiodh freagairt aca air a' cheist mun t-srainnsear a bha seo.
 Cha do dh'fhuirich Tormod airson ceist Ruairidh. Chunnaic e an duine bàn san dealbh agus thuirt e sa bhad, 'An e sin Alasdair, am fear sin?'
 ''S e,' arsa Ruairidh. Sin Alasdair sa bhliadhna mu dheireadh aige san sgoil. Thionndaidh e an duilleag agus bha Alasdair san ath dhealbh ga èideadh mar shaighdear, agus ann an dealbh le balach eile is dithis nigheanan air an tràigh as t-samhradh, agus ann an dealbh eile le tè de na nigheanan seo ann an dreasa spaideil aig pàrtaidh.
 'Sin mo mhàthair,' thuirt am balach beag.
 'Aidh, sin do mhàthair. Bha iad san sgoil còmhla.'
 'Carson a thill e? An-dràsta, tha mi a' ciallachadh.'
 'Chan eil fhios agam, a Thormoid, agus chan eil fhios agam a bheil sinn a' dol a dh'fhaighinn a-mach. Is e an rud a th' ann, bha rudan a' dol ceàrr do dh' Alasdair. Bhiodh e a' tilleadh dhachaigh bho àm gu àm agus shaoil sinn gun robh a h-uile rud ceart gu leòr, ach bha e air a spionnadh a chall. Dh'fhàg e an t-arm ach cha do dh'inns e dhuinn. Bha sinne fhathast a' smaoineachadh gun robh e ag obair mar a b' àbhaist agus gun robh e a' còrdadh ris glan.'
 Cha tuirt Ruairidh cò bha san *sinne* a bha seo. Sinne. Ruairidh agus a bhean? Na leadaidhean a bha a' bruidhinn sa bhùth an latha ud, thuirt iad rudeigin mun bhean a bh' aig an duine, nuair a bha i fhathast beò. Bean Ruairidh, màthair Alasdair. Dh'fheumadh bean a

bhith aig Ruairidh nan robh mac aige. Bha màthair agus athair aig a h-uile duine. Uill, cha robh athair aig Tormod fhèin, dìreach e fhèin agus a mhàthair. Ach bha athair aige, no bha athair air a bhith aige. Cha robh e buileach a' tuigsinn nan gnothaichean teicnigeach ach bha dà phàrant aig a h-uile duine. Bha pàirt dheth a' gabhail aithreachas gun do dh'ainmich e Alasdair sa chiad dol-a-mach, ach bha pàirt eile dheth a bha airson a h-uile ceist a bh' aige a chur air Ruairidh. Mu a bhean agus dè thachair dhi, an robh i marbh no an robh i fhathast beò ach a' fuireach ann an àite eile, mar a bha a bhràthair, is mu dheidhinn athair fhèin agus cò bh' ann agus carson nach robh a mhàthair a-riamh air innse dha...

Agus mean air mhean thàinig na criomagan sgapte ri chèile, mar mhìrean-measgaichte. Bha a h-uile pìos air a bhith ann fad na h-ùine, ach cha robh e air an dealbh gu lèir fhaicinn roimhe. An ann gun robh...? Ach carson nach biodh iad air innse dha? Am b' e Alasdair athair? Peigi agus Alasdair san dealbh ud leis a' chupal eile, bha iad... an robh iad pòsta aig aon àm? Cuin a dhealaich iad? Ach ciamar a chuireadh e a' cheist seo?

Cho-dhùin Ruairidh gun robh na bha air tachairt cho cudromach 's gum bu chòir dhaibh innse do a mhàthair gun dàil. Mar sin, dh'fhalbh am bodach mòr agus am balach beag, dh'fhàg iad Thomasina agus na lorgan salach air an làr agus rinn iad an slighe air ais gu taigh Peigi.

Bha sàmhchair eatarra fhad 's a bha iad a' coiseachd, agus bha sin às an àbhaist airson bodach làn sgeulachdan is balach làn cheistean. Ach bha inntinn Thormoid air bhoil. Cha robh Ruairidh a-riamh air breug innse dha, ach mas e 's gur e Alasdair athair, bha sin a' ciallachadh gur e Ruairidh a sheanair, agus carson... carson idir nach biodh e air sin innse dha? No a mhàthair nas motha.

Bha iongnadh air a' bhalach bheag an robh sàmhchair co-ionann ri breug, ach cha tuirt e smid, oir cha b' urrainn dha ceist chiallach a chur an cèill. Chùm e sàmhach, agus thug sin air ceasnachadh an robh an t-sàmhchair aige fhèin a cheart cho mì-onarach.

Na lorg Iain nuair a thill e dhachaigh

'CHA DO DH'INNS mi dhut an còrr den sgeulachd mu dheidhinn Iain, fear a' phrasgain. Carson nach dèan mi sin a-nis?'

Bha iad nan suidhe sa chidsin ann an taigh Thormoid, a' feitheamh ri Peigi, nach robh aig an taigh nuair a ràinig iad. Bhiodh i fhathast aig a' bhùth.

B' fheàrr le Tormod sgeulachd eadar-dhealaichte a chluinntinn, fìor-sgeul mu dheidhinn Alasdair agus Ruairidh agus a mhàthar, an àite sgeul eachdraidheil a dh'fhaodadh a bhith fìor ach a bha nas coltaiche ri uirsgeul. Ach cha robh e airson innse do Ruairidh gun robh e air an fhìrinn obrachadh a-mach. Cha robh fhathast, co-dhiù. Oir nan robh e ceàrr mu dheidhinn, dè chanadh Ruairidh? Is dè chanadh a mhàthair? Bhiodh e na bu ghlice èisteachd ri sgeulachd Ruairidh an-dràsta.

'Dh'aontaich Iain gun rachadh e a dh'obair airson a' mharsanta a bha seo. Chaidh e a-null a New York agus rinn e a h-uile rud cho math 's gun d' fhuair iad barrachd airgid na bha iad an dùil, agus thill e le bathar eile, rud a chòrd gu mòr ris a' mharsanta. Chaidh e a-null a-rithist agus rinn iad fortan eile, agus ged a bha e a' cuimhneachadh bho àm gu àm air a bhean agus ged a bha e ga h-ionndrainn, bha e cuideachd a' smaoineachadh cho math 's a bhiodh e nan robh fortan na bu mhotha aige mus tilleadh e dhachaigh, agus mar sin chùm e a' dol fad ceithir no còig bliadhna ag obair air na longan agus a' ceannach 's a' reic an stuth a bh' aig a' mharsanta. Mu dheireadh thall, thuirt e ris a' mharsanta gun robh e ag iarraidh làithean-saora, oir cha robh e air a bhean fhaicinn fad còrr is seachd bliadhna.

'Mar sin chaidh e dhachaigh, ach an turas seo chan ann air bòrd bàt'-iasgaich a bha e a' siubhal, no a' coiseachd fad sheachdainean, ach ann an coidse luath còmhla ris na daoin'-uaisle. Bha aodach spaideil air agus brògan àlainn le bucaill orra, agus nam biodh e air innse do na daoine a' bha sa choidse còmhla ris gum b' àbhaist dha a bhith na sheòladair suarach an aghaidh a thoil, cha bhiodh iad air a chreidsinn. Cha tuirt e sin, ge-tà. Bha e ga ghiùlan fhèin mar dhuine beairteach a bha eòlach air gnothaichean cudromach an t-saoghail – agus b' e sin a bh' ann a-nis – ag innse dhaibh mu na chunnaic e ann an Ameireagaidh, agus dh'èist e ris na sgeulachdan a bh' aig an fheadhainn eile – fear-lagha agus a nighean a bha a' dol a shealltainn air caraidean ann am Manchester, agus duin'-uasal à ceann a tuath na h-Alba, a bha air a bhith a' siubhal air feadh na Roinn Eòrpa agus a bha air a shlighe dhachaigh le a bhean ùr, ris an do choinnich e ann an Lunnainn. Chaidh an còignear aca gu tuath gu math dòigheil, a' stad bho àm gu àm airson biadh agus a' fuireach airson na h-oidhche ann an taighean-òsta. Dh'fhalbh am fear-lagha agus a nighean air coidse eile agus thàinig bodach beairteach agus a bhean air bòrd agus cha robh iad airson bruidhinn idir, oir bha còmhradh de sheòrsa sam bith a' cur dragh air a' bhodach seo, a bha tinn agus ag òl "tonaig" a-mach à botal beag a h-uile còig mionaidean – ach bha Iain an amharas gur e uisge-beatha a bh' ann – agus lean iad orra mar sin gus an tàinig iad gu baile far an robh an duin'-uasal òg agus a bhean gu bhith a' fuireach còmhla ri caraidean airson oidhche no dhà, oir sna làithean seo thug e ùine mhòr a bhith a' siubhal bho cheann a deas Shasainn gu ceann a tuath na h-Alba, agus cha robh na rathaidean cho math mar a b' fhaide tuath a rachadh tu. Mar sin, dhealaich Iain bhon chupall òg a bha seo agus leig iad soraidh slàn le chèile is thuirt iad gum biodh fàilte roimhe sa chaisteal nan robh Iain a-riamh san sgìre aca. Dh'fhalbh am bodach agus a bhean agus thàinig daoine eile air bòrd agus mar sin, mean air mhean, rinn Iain a shlighe air ais dhan bhaile às an tàinig e bho thùs.

'Is bha am baile dìreach mar a bha e air a bhith. Na bàtaichean aig acair sa chala, an taigh-seinnse far an robh Iain air cus òl air an oidhche a bha siud, na sràidean san robh e air coiseachd iomadh uair bho bha e na bhalach òg. Ach cha do dh'aithnich muinntir a' bhaile an duin'-uasal a bha seo, a bha a' coiseachd gu sgiobalta gu iomall a' bhaile agus a-steach gu sràid bheag agus suas gu taigh beag bìodach, far an do stad e air an stairsnich agus ghabh e anail mhòr mus do ghnog e air an doras.

'Dh'fhosgail bean Iain an doras, leanabh òg na gàirdeanan agus an toiseach cha do dh'aithnich i Iain. Air a cùlaibh bha cuideigin eile a' tighinn dhan doras cuideachd. Fireannach, is e a' faighneachd, "Cò th' ann, m' eudail?" Dh'aithnich Iain an duine seo sa mhionaid – nàbaidh a bha daonnan cho còir riutha. Agus dh'aithnich bean Iain an duine caillte aice, agus cha mhòr nach do leig i dhan leanabh bheag tuiteam chun an làir, oir chuir e iongnadh cho mòr oirre gun robh an duine aice air tilleadh mu dheireadh thall.'

'Cò a bha san duine eile?' dh'fhaighnich Tormod.

'Deagh cheist. Bha bean Iain a' creidsinn gun robh e marbh agus bha i air fear eile a phòsadh, agus bha mac òg aca, air an tug iad "Iain" mar chuimhneachan air an duine a dh'fhalbh, agus a-nis bha dùil aca ri leanabh eile.'

'An d' fhuair i an litir?' thuirt Tormod, a' cuimhneachadh air a' bhruadar a bh' air a bhith aige, is e fhèin a' ruith tron mhòintich airson a toirt dhi.

'Tha cuimhne mhath agad, 'ille,' thuirt Ruairidh. 'Dh'fhàg e an litir ud san taigh-òsta far an do thachair e ris a' mharsanta, ach chaidh a chur thuice gun fhiosta dha agus bha i air innse dhan a h-uile duine sa choimhearsnachd gun robh an duine aice beò. Bha fathannan air a bhith a' dol mun cuairt bhon oidhche a dh'fhalbh e, cuid ag ràdh gun robh e air ruith air falbh, cuid eile gun robh e ann am fiachan, cuid gun deach a bhàthadh sa chala – rud a bhiodh a' tachairt bho àm gu àm sa bhaile sin – agus cuid ag ràdh gun deach a thoirt am bruid leis a' phrasgan.'

'Dìreach mar a chaidh!'

'Ach cha robh a h-uile duine a' creidsinn sin. Ged a bha Iain agus a bhean air a bhith modhail agus sàmhach gu leòr, agus fios aig an nàbaidhean nach dèanadh e eucoir is nach biodh e ga trèigsinn, tha e a' còrdadh ri daoine a bhith a' sgaoileadh naidheachdan is fathannan is sgeulachdan agus uaireannan chan eil e gu diofar a bheil iad fìor no nach eil. Sin mar a bha agus mar a tha – chuala tu Ciorstaidh Bhàn, a Thormoid – agus mar a bhios, cho fada 's a bhios mac-an-duine anns an t-saoghal seo.'

'A bheil e ceadaichte a bhith a' pòsadh a-rithist mar sin?' ars am balach beag.

'Chan eil. Chan eil idir. Ach ged a rinn i gàirdeachas nuair a chuala i gun robh e fhathast beò agus gun robh e air a shlighe dhachaigh, cha tàinig e agus cha robh coltas gun tigeadh, agus thòisich na fathannan a-rithist, le rudan tòrr na bu mhiosa na a' chiad turas, agus cuid a dhaoine ag ràdh nach robh litir air a thighinn idir agus gun robh bean Iain ga call fhèin, no gun robh i a' feuchainn ri aire a tharraing thuice fhèin, no gun robh litir air a bhith ann ach gun deach a sgrìobhadh le cuideigin a bha a' feuchainn ri a mealladh, agus gun robh i cho gòrach 's nach do dh'aithnich i làmh-sgrìobhaidh an duine aice, no gun robh a miann gum biodh e beò cho làidir 's gun robh i deònach rud sam bith a chreidsinn.

'Ach na daoine a b' fhaisge oirre, a teaghlach agus a nàbaidhean, ghabh iad truas rithe, agus bha am fear seo nam measg a bha air a bhith ann an gaol leatha fad bhliadhnaichean, agus dh'iarr e oirre a phòsadh. Cha robh iad cinnteach an robh lagh sam bith ann a bha ag ràdh gum feumadh tu feitheamh trì bliadhna no seachd bliadhna no deich bliadhna mus canadh tu gun robh cuideigin marbh nan robh iad air falbh mar a dh'fhalbh Iain, agus bha iad a' smaoineachadh gum fosgladh iad barrachd cheistean nan rachadh iad gu cuideigin a' sireadh cead. Mar sin cha do phòs iad san eaglais idir, ach thàinig an nàbaidh a dh'fhuireadh còmhla rithe agus lean iad orra, gun a bhith a' dèanamh ùpraid mu dheidhinn, a' toirt a chreids' gun robh iad pòsta. Dh'fhaodadh tu ràdh gur e pòsadh neo-fhoirmeil a bh' ann. Cha d' fhuair iad cead oifigeil air a shon, ach thug iad cead do chàch a chèile, agus cò bha a' dol a ghearan mu dheidhinn? Chaidh na mìosan agus na bliadhnaichean seachad agus dhìochuimhnich daoine eile sa choimhearsnachd mu dheidhinn Iain.'

'Ach dè rinn esan? Bha a bhean a-nis pòsta dà thuras, agus bha clann aice.'

'Dh'iarr an duine eile air Iain a thighinn a-steach, ach bha a bhean ann an droch staid. Chaidh i ann an laigse, a' creidsinn gur e taibhse a bha air nochdadh aig an doras. Agus ged a thuirt Iain gun robh e beò agus fallain, agus beairteach a-nis, nas beairtiche na duine sam bith eile sa bhaile, nas beairtiche fiù 's na an duine dham b' àbhaist dha a bhith ag obair aig an taigh mhòr, cha robh a bhean a' tuigsinn carson nach do chuir e fios a-rithist gun robh e fhathast beò. An aon litir a fhuair i, b' e siud an litir nach robh Iain fhèin air a chur thuice, agus nuair a chuala Iain seo chunnaic e cho gòrach 's a bha e air a bhith. Bha iomadach cothrom air a bhith aige sgrìobhadh thuice, ach gach turas a bha e air tilleadh dhan dùthaich seo bha aire air a bhith air an ath sheòladh agus air an airgead a dhèanadh e, agus a-nis bha e air a bhean a chall.'

'Ach dè rinn e?' thuirt Tormod a-rithist.

'Cha b' urrainn dha fuireach sa bhaile aige fhèin. Chunnaic e gum biodh trioblaidean aig a bhean nan robh fios aig na h-ùghdarrasan gun robh i a' fuireach còmhla ri duine eile is a' cumail a-mach gun robh iad pòsta fhad 's a bha a' chiad duine aice fhathast beò. Agus cuideachd, a' coimhead mun cuairt air, chunnaic e cho bochd 's a bha iad. Cha b' e gun robh a' chlann san sgìre sin casruisgte, ach bha e follaiseach gun robh a h-uile teaghlach ann an cruaidh-chàs, is bha dìleab na bochdainn sgrìobhte air aodainn nan daoine a chunnaic e air an t-sràid. Mus deach a thoirt air falbh an aghaidh a thoil bha Iain riaraichte leis a' bheatha a bh' aca an sin, ach cha b' urrainn dha fuireach anns a' choimhearsnachd sin a-rithist. Thug e sùim mhòr airgid do a bhean – no do bhean an duine eile, mar a bha i a-nis – agus ghuidh e a h-uile soirbheas dhaibh. Dh'fhàg e am baile is cha do thill e a-rithist. Chaidh e air ais gu deas agus thòisich e air an obair mhòir a bha an lùib a bhith a' cur long eile a-null a dh'Ameireagaidh.'

Cha robh Tormod an dùil gur ann mar sin a thigeadh an sgeulachd gu crìch, ach is dòcha nach robh crìoch air fhathast. Uaireannan bhiodh sgeulachdan eile ag èirigh às na sgeulachdan aig Ruairidh, agus bha guth beag ann an inntinn Thormoid ag innse dha nach robh e air am facal mu dheireadh a chluinntinn mu dheidhinn Iain.

Ach mus robh cothrom aige ceistean eile a chur, thill Peigi às a' bhùth.

Còmhradh onarach

LEIS AN TRIÙIR aca timcheall a' bhùird sa chidsin, dh'èist Peigi ris na bh' aig Ruairidh ri ràdh mu dheidhinn Alasdair.

'Agus cha tàinig e a chèilidh oirbh?' thuirt i.

'Cha tàinig.'

'A bheil e fhathast san eilean?'

'Chan eil fhios agam.'

Annasach. Na h-inntinn chaidh Peigi thairis air rud a bha i air a chluinntinn san dol seachad aig oifis a' phuist. No mu rud *nach* robh i air a chluinntinn, seach gun do sguir na leadaidhean a bhruidhinn nuair a thàinig i faisg orra. Cha robh i air cus aire a thoirt don seo aig an àm. Bha fios aice nach robh deagh bharail aca oirre agus gum biodh na fathannan a' dol mun cuairt, agus bha i cinnteach gur ann mu a deidhinn a bha a' chuid as motha dhiubh. Ged a bha e na chuideachadh gun robh an càirdeas eadar Tormod agus Murchadh air togail a thoirt dhi san t-seagh 's gun robh ise agus Anna NicRath a' bruidhinn ri chèile nas trice a-nis, bha fios aig Peigi nach robh cailleachan a' bhaile a' dol a chur stad air an spòrs as fheàrr aca dìreach mar sin.

Ach a-nis bha e a' dèanamh ciall. An duine a bha Tormod air fhaicinn faisg air seann taigh Anna Mhoirich a bha a-nis na thobhta, feumaidh gur e Alasdair a bh' ann. Agus gur esan a bha air ceann a' fòn an oidhche a bha siud. Cuin a bha sin a-rithist?

Thuirt iad ri Tormod, nam faiceadh e Alasdair a-rithist, gum feumadh e a thighinn dhachaigh no gu taigh Ruairidh gun dàil.

'A bheil e cunnartach? An dèan e cron orm?' dh'fhaighnich am balach beag, a' smaoineachadh air cho àrd 's a bha e agus gun robh e na shaighdear agus gur dòcha gun robh gunna aige, ged a thuirt Ruairidh nach robh e a-riamh an sàs ann an cogadh ceart.

'Chan eil agus cha dèan,' thuirt a mhàthair ris. 'Ach ma tha e mun cuairt tha sinn ag iarraidh bruidhinn ris.'

'An robh sibh pòsta, a Mhamaidh, sibh fhèin agus Alasdair?'

'Cha robh, m' eudail,' thuirt i ris. 'Ach b' e deagh charaid dhomh a bh' ann an Alasdair agus bha mi cho duilich nuair a dh'fhalbh e.'

Choimhead Peigi air Ruairidh, agus choimhead an dithis aca air a' bhalach bheag, iad le chèile an dòchas gum fòghnadh am fiosrachadh seo dha an-dràsta.

Cho-dhùin iad gum biodh e math dhaibh coiseachd sìos dhan chladach. 'S ann glè ainneamh a bha Tormod air seo a dhèanamh leis an dithis aca, ged a bhiodh e tric a' dol ann còmhla ri a mhàthair, dìreach an dithis aca, no còmhla ri Ruairidh, no còmhla ri Morna no – sna beagan làithean a dh'fhalbh – ri Murchadh. Bha rudeigin snog mu dheidhinn a bhith còmhla mar seo, mac agus màthair agus cuideigin a bha mar sheanair dha.

Bhruidhinn Peigi agus Ruairidh mu ghnothaichean eile. Mun uisge is mu na rathaidean is mun fhèill-reic a bha gu bhith anns an talla agus mun luchd-turais agus dè cho trang 's a bhiodh an taigh-òsta am-bliadhna.

Ruith am balach beag air a' ghainmhich, a' trusadh shligean agus gam pasgadh sa gheansaidh aige – an seann gheansaidh a bha a' fàs ro theann dha a-nis – agus dh'fhalbh an iomagain a bha air a bhith a' laighe air.

Bha a mhàthair air innse dha nach robh i fhèin agus Alasdair pòsta. Bha sin a' ciallachadh nach b' e Alasdair a b' athair dha, oir dh'fheumadh dithis a bhith pòsta airson clann a bhith aca – no co-dhiù pòsta san dòigh neo-fhoirmeil a bha bean Iain is an nàbaidh aice pòsta – ach bha sin a' togail ceist eile. Cò phòs i? Is dòcha gun robh athair aige ann an àite eile, no is dòcha nach robh e beò tuilleadh, agus is dòcha gun robh deagh adhbhar nach biodh a mhàthair a' bruidhinn mu dheidhinn. Bha an t-sàmhchair freagarrach aig amannan, shaoil Tormod. Choimhead e air Peigi, a' coiseachd gu mall ri taobh Ruairidh, agus chuir e roimhe a dìon bho na ceistean cruaidh.

Màiri Anna agus an duine dall

CHUIR E IONGNADH air Peigi gun do dh'iarr Tormod oirre innse dha dè thachair do Mhàiri Anna. Cha robh cuimhne aice càit an robh i air an sgeulachd fhàgail, ach rinn i a dìcheall na puingean as cudromaiche a thogail. B' e faochadh an fhaireachdainn as motha a bh' aice. Bha Tormod air gabhail ris a' mhìneachadh a bh' aca mu dheidhinn Alasdair agus cha robh e air ceistean a bharrachd a chur orra. Dh'fheumadh i an fhìrinn innse dha latha de na làithean buidhe seo, ach an-dràsta bha e fhathast ro neoichiontach, agus bha sin na bheannachd ann an dòigh.

Fhad 's a bha iad air a' chladach, agus Tormod a' ruith mun cuairt, bha i fhèin agus Ruairidh air na ceistean a chur air càch a chèile, ged nach robh freagairt aig duine aca. Carson a thill e? Carson a-nis? Mas e Ciorstaidh Bhàn agus Eilidh a-mhàin a bha air an naidheachd a chur mun cuairt gun robh Alasdair air tilleadh, cha bhiodh adhbhar aca a bhith iomagaineach, ach bha Tormod is Murchadh air fhaicinn cuideachd, agus bha Tormod air aithneachadh san dealbh gun stiùir sam bith, agus cha robh adhbhar aige a bhith ag innse breug.

Cha robh e gu diofar, thuirt Peigi rithe fhèin. Bhiodh iad ceart gu leòr, i fhèin agus Tormod, agus bhiodh Ruairidh faisg air làimh. Agus ged a thilleadh Alasdair, dè an cron a dhèanadh e? Bha truas aice ris. Ge bith dè bh' ann a dh'fhàg mar sin e, cha b' e a dleastanas-se a bh' ann a bhith ga chàradh. Dh'fheuch i sin bho chionn

fhada, agus cha ghabhadh e ri cuideachadh sam bith.
 Càit an robh e air a bhith, ge-tà? Air tìr-mòr no air eilean eile? An robh obair aige, no an robh e air tuiteam a-mach às an t-siostam a-rithist, a' gluasad bho àite gu àite agus a' cadal ann an àite sam bith sam faigheadh e leabaidh am measg dhaoine neònach a bhiodh ri eucoir is drugaichean is dòigh-beatha nach ro iomchaidh do dhuine sam bith? Bha e air a thighinn dhachaigh roimhe is bha e air innse do Ruairidh gun robh e fa-near dha fuireach agus beòshlaint' a dhèanamh, ach cha do mhair sin agus thill e gu na daoine sin. Bha fios aig Peigi nach bu chòir dhi breith a thoirt air. Nach e sin a bha muinntir a' bhaile air a bhith a' dèanamh oirrese bho rugadh Tormod? Dè seòrsa beatha a bhiodh aice a-nis nan robh i air Alasdair a phòsadh? An aon bheatha, is dòcha. Leatha fhèin a' feuchainn ri a mac a thogail am measg dhaoine a bha a' coimhead sìos oirre.
 Ach b' e sgeulachd a bha e ag iarraidh an-dràsta. Sgeulachd Màiri Anna, agus bha Peigi toilichte a h-innse dha, agus a h-inntinn fhèin a chumail far na fìrinn.
 'Dh'fhàs Màiri Anna suas agus, mar a thuirt mi, bha an galar air a chomharra fhàgail air a h-aodann. Cha robh i idir bòidheach, agus bha e a' dèanamh dragh dhi nach robh. Bha i a' smaoineachadh gur e peanas a bh' ann airson na rinn i, a' leigeil a' ghalair a-steach.'
 'Ach thuirt thu nach robh thu cinnteach an ann tro nighean a' cheàird a thàinig an galar.'
 'Thuirt, gu dearbh. Ach bha Màiri Anna a' smaoineachadh gur ann, agus mar sin dh'fhàs i suas leis a' pheanas seo a' laighe oirre gu trom. Phòs a' chiad tè a bha san aon chlas rithe san sgoil, agus an dàrna tè, agus mu dheireadh thall bha a h-uile tè ach i fhèin pòsta, agus na peathraichean beaga aca, agus nuair a phòs tè a bha deich bliadhna na b' òige na Màiri Anna bha fios

aice nach robh i a' dol a lorg duine idir.

'Bha i math leis a' chloinn, ge-tà, agus dh'iarradh daoine oirre coimhead às an dèidh, agus chòrd an obair sin rithe. Cha bhiodh a' chlann òg ag ràdh rithe gun robh i grànda, ach nuair a dh'fhàs iad mòr bhiodh iad a' faighneachd dhi dè bha ceàrr air a h-aodann agus dè a dh'fhàg mar sin i. Chanadh i riutha gur e peanas a bh' ann airson a bhith a' cur cus cheistean nuair a bha i òg, agus chuireadh sin stad orra. Ach ged nach do sheall i dhaibh cho troimh-a-chèile 's a bha i, bha i a' fàs brònach agus a' call a dòchais gun tachradh rud sam bith math no inntinneach na beatha.

'Ach bhiodh i a' seinn. Sin an t-aon rud airson am biodh daoine ga moladh. Sheinneadh i don chloinn agus sheinneadh i nuair a bhiodh i a' cèilidh air na bodaich is na cailleachan a bha ag iarraidh cuideachadh sna dachaighean aca, agus dh'ionnsaich i tòrr òrain bhuapa.'

'Mar Chailleach an Tobair?' arsa Tormod.

'Cailleach an Tobair? An tè a bha a' fuireach san t-seann tobhta a tha sin aig ceann a' bhaile?'

''S i.'

''S e Anna Mhoireach an t-ainm a bha air a' bhoireannach sin. Is dòcha gun robh Màiri Anna coltach rithe ann an dòigh. Bha iomadh òran aice nach robh aig daoine eile sa bhaile. Ach ann am beul Màiri Anna bha òran a' tighinn beò mar nach robh e nuair a ghabhadh daoine eile e. Bha a guth cho binn gun tuirt fear de na bodaich rithe gun robh i air a ghoid air an smeòrach, agus an uair sin dh'iarr e oirre a phòsadh, ach cha robh Màiri Anna a' creidsinn gun robh e ann gu lèir.

'Dh'fhàs i ainmeil, ma-tà, mar sheinneadair, agus nam biodh cèilidh ann dh'iarradh iad oirre òran a ghabhail, agus nan dùineadh an luchd-èisteachd an sùilean airson a h-aodann grànda a dhubhadh às dh'fhaodadh iad a bhith a' creidsinn, fad mionaid no dhà, gun robh an seinneadair a cheart cho àlainn ri a fonn.

'Aon latha, thàinig buidheann de chluicheadairean agus luchd-ciùil tron bhaile. Bha seo às an àbhaist. Mar as trice cha bhiodh rudan inntinneach mar sin a' tachairt, ach bha iad a' dol bho àite gu àite, mu dhusan dhiubh uile gu lèir. Thogadh iad àrd-ùrlar beag agus dhèanadh iad dealbhan-cluiche èibhinn, agus sheinneadh iad òrain nach robh muinntir a' bhaile air cluinntinn roimhe agus bha fear ann a bhiodh a' tilgeil bhàlaichean dhan adhar agus a' coiseachd air a làmhan agus a' sluigeil teine…'

'Uile aig an aon àm?'

'Abair cleas a bhiodh ann nam b' urrainn dha! Ach tha mi a' smaoineachadh gun dèanadh e na bàlaichean an toiseach agus an uair sin gun cuireadh e a bhodhaig na lùban agus aig an deireadh gun dèanadh e an rud as cunnartaiche, teine a shlugadh.'

'Ciamar, gun a bhith ga losgadh fhèin?'

'Chan eil fhios agam, a Thormoid, agus cha robh fios aig muinntir a' bhaile nas motha. Chumadh na cleasaichean rudan mar sin dìomhair, oir is ann mar sin a bhiodh iad a' dèanamh am beòshlaint'. Cha bhiodh e glic fiosrachadh mar sin a leigeil ma sgaoil.

'Uill, bha fear anns a' bhuidheann seo a bha dall. Cha robh fradharc sam bith aige, ach b' urrainn dha ionnsramaid sam bith a chluich, agus anns an taisbeanadh a rinn iad bhiodh e a' cluich na fìdhle agus pìob agus bogsa, agus dusan inneal-ciùil. Cha robh duine nach robh air an glacadh leis an sgil a bh' aig an duine seo. Dh'iarradh e air a h-uile duine seinn còmhla ris sna sèistean, agus ged nach robh iad eòlach air na h-òrain aige rinn muinntir a' bhaile an dìcheall, agus sin na rinn Màiri Anna, agus bhrosnaich i a' chlann a bha fo a cùram a bhith a' seinn cuideachd.

'Cho luath 's a chuala an duine dall guth Màiri Anna stad e. Sguir a chorragan far an robh iad air putain a' bhogsa agus dh'èist e. 'Cò tha sin?' thuirt e. 'Cha chuala mi guth cho àlainn nam bheatha.' Agus ged a bha i diùid, cha robh dòigh aig Màiri Anna a bhith a' seachnadh brosnachadh a nàbaidhean, ga putadh agus ga tarraing gus an robh i na seasamh air an àrd-ùrlar ri taobh an duine seo, agus chuala i cuideigin – ann an guth a bha fad às mar rudeigin a chluinneadh tu ann am bruadar – ag ràdh gur i an seinneadair a b' fheàrr a bh' aca sa bhaile agus gun gabhadh i òran.

'Shìn an duine dall a làmh a-mach, agus ghabh Màiri Anna grèim air. Agus thuirt e rithe, "Dè tha thu a' dol a sheinn, ma-tà?" Cha robh i cinnteach oir bha an luchd-èisteachd ag èigheachd a-mach ainmean nan òran a b' fheàrr leotha, ach bha feagal oirre is bha i air chrith. Ach tharraing an duine dall nas fhaisge i, a ghrèim blàth agus làidir, agus thuirt e rithe ann an cagar, "Na èist riutha. Èist ri do chridhe. Dè tha thusa ag iarraidh?" Ghabh Màiri Anna anail mhòr is thòisich i, agus bha cuid san èisteachd fhathast ag èigheachd agus a' gàireachdainn ach sguir iad mus robh i air a' chiad loidhne a sheinn agus dh'èist iad rithe, oir bha an t-òran aice cho àlainn. Bha e mar gun robh i air a h-uile duine a chur fo gheasaibh.'

'Dè an t-òran a bh' ann?' dh'fhaighnich Tormod.

'Chan eil fhios agam, m' eudail. Òran a dh'ionnsaich i bho na bodaich is na cailleachan, saoilidh mi. Òran gaoil. Òran mu dheidhinn duine a' falbh gu cogadh agus boireannach ga ionndrainn, no mu dhuine a' falbh a dh'iasgach agus a leannan aig baile a' guidhe gun till e slàn, sàbhailte. Òran mar a h-uile òran a th' againn.'

'Òran trom, ge-tà.'

'Òran trom, gun teagamh. Is iad na h-òrain as fheàrr.'

'Nas fheàrr na *Dòmhnall Beag an t-Siùcair* co-dhiù,'

arsa Tormod, agus rinn Peigi gàire. 'Tha sinn a' seinn sin sa chòisir is tha e duilich. Bidh a' Bh-ph Chaimbeul a' gearan nach eil sinn luath no aotrom gu leòr.'

'Tha e duilich òran mar sin a chumail aotrom, ceart gu leòr,' dh'aontaich i. 'Ach ma smaoinicheas tu mu dheidhinn, is e sgeulachd bhrònach a tha san òran sin cuideachd. Dòmhnall Beag ag iarraidh pòsadh is cha ghabh a' chlann-nighean ris o nach eil e bòidheach. Nach e sin an dearbh staing san robh Màiri Anna bhochd?'

Cha robh Tormod air an doimhneachd seo fhaicinn sna facail roimhe. Nuair a bhiodh a' Bh-ph Chaimbeul a' geur-amharc air cha b' urrainn dha smaoineachadh air càil eile ach cho luath 's a bha am fonn agus cho mòr 's a bha a theanga a' faireachdainn na bheul.

'Dè thachair? An do phòs i an duine dall?'

'Obh, obh, a Thormoid. Tha na sgeulachdan agam ro shìmplidh dhut. Tha thu daonnan a' faicinn dè tha a' tighinn aig an deireadh. 'S i a phòs, agus dh'fhalbh i còmhla ris air an rathad agus shiubhail i leis an luchd-ciùil air feadh na dùthcha.'

'Nach robh i ag ionndrainn a pàrantan?'

'Tha mi cinnteach gun robh, ach bha an t-àm ann dhi falbh. Bha a màthair troimh-a-chèile, ag ràdh gur iad an luchd-siubhail agus na ceàirdean a bha air cùl a h-uile trioblaid na beatha, a' toirt a' ghalair a-steach agus a' toirt a nighinn air falbh, ach b' e boireannach seann-fhasanta a bh' innte, cumhang na beachdan, agus bha i ro luath gu bith a' càineadh dhaoine gun a bhith a' cur eòlas ceart orra. Mar sin, cha tug i a beannachd do Mhàiri Anna idir, ach thug a h-athair, agus dh'fhalbh Màiri Anna agus an duine dall còmhla ri chèile agus bha iad gu math toilichte.'

'Cha robh esan a' faicinn cho grànda 's a bha i, an robh?'

'Dhàsan bha i bòidheach. Cha b' ann le a shùilean a bha e a' lorg a shlighe tron t-saoghal, ach le a chlaisneachd, agus bhiodh guth binn Màiri Anna ga threòrachadh bhon chiad latha a chuala e i gun an latha a fhuair e bàs, air a chuairteachadh le a chuid chloinne is oghaichean agus leis a' bhean a bha air a bhith dìleas dha ri a thaobh.'

Air an t-slighe sìos an staidhre, sheinn Peigi rithe fhèin gu socair:

> *Dòmhnall Beag an t-Siùcair,*
> *an t-Siùcair, an t-Siùcair,*
> *Dòmhnall Beag an t-Siùcair,*
> *is dùil aige pòsadh.*

Chuir i às solas na staidhre agus chuir i air an solas san trannsa. Rinn i cinnteach gun robh an doras glaiste. Nan robh Alasdair fhathast mun cuairt… ach cha tigeadh e an seo, an tigeadh? Mar as trice cha bhiodh i ga ghlasadh. Cha robh càil luachmhor aice co-dhiù, is cha robh mèirleach a' dol a bhodraigeadh le taigh bochd mar seo. Bha i air na sgeulachdan a chluinntinn mun chaillich bheairtich a chaidh a mharbhadh le mèirleach sa bhaile, bho chionn bhliadhnaichean a-nis. Nuair a bha i òg bhiodh a caraidean ag innse sgeulachdan airson feagal a chur air càch a chèile agus nam measg bha an sgeul seo mun mhèirleach agus taibhse na cailliche, a thàinig air ais airson a shàrachadh.

> *Ged a bhiodh na ginidhean,*
> *Na ginidhean, na ginidhean,*
> *Ged a bhiodh na ginidhean*
> *A' gliongadaich na phòcaid.*

Chaidh i troimhe dhan chidsin. Copan teatha agus

sùil air na naidheachdan agus bhiodh i deiseil airson a dhol innte. Bha i claoidhte.

Chuala i fuaim a-muigh san trannsa.

'A Thormoid? 'Eil thu ceart gu leòr?'

Ach bha a h-uile rud sàmhach shuas ann an seòmar Thormoid.

Is an uair sin chunnaic i a' chèis-litreach na laighe air a' bhrat aig an doras. Cha robh càil sgrìobhte air ach 'Peigi'. Dh'fhosgail i e agus cha b' urrainn dhi fianais a sùilean a chreidsinn. Airgead. Na ceudan notaichean. Cò bheireadh sin dhi?

Cha robh litir sa chèis. Cha do dh'aithnich i an sgrìobhadh, a bha ann an litrichean mòra. Dh'fhosgail i an doras agus choimhead i a-mach. Bha beagan de sholas an latha ann fhathast ach cha b' urrainn dhi duine sam bith fhaicinn. Chaidh i a-mach, ged nach robh brògan oirre, suas chun an rathaid, an grinneal fliuch is biorach fo a casan.

'Alasdair? Alasdair, an tus' a th' ann?'

Ach cha chuala is chan fhaca i càil. Ann am badeigin bha cù a' comhartaich. Cù Aonghais, bha i an dùil. Dh'fhuirich i mionaid no dhà, a h-uile faireachdainn aice air ghleus air eagal 's gum biodh fuaim no gluasad ann, ach cha robh.

Air a slighe air ais dhan taigh mhothaich i gun robh an solas air ann an seòmar Thormoid, agus nuair a thàinig i a-steach a-rithist bha e a' tighinn sìos an staidhre.

'A Mhamaidh, a bheil a h-uile rud ceart gu leòr?'

'Tha, a Thormoid. Chuala mi rudeigin a-muigh, sin uile.'

'Cailleach-oidhche?'

'Is dòcha. Air ais dhan leabaidh leat.'

Aig meadhan-oidhche bha i fhathast air a cois. Bha i air an t-airgead a chunntadh fichead turas. Dè dhèanadh i leis? Dè chanadh daoine nan robh fios aca gun robh airgead mar seo aice? Am b' urrainn dhi earbsa a chur anns a' bhoireannach aig oifis a' phuist? Nan robh seanmhair Morna fhathast ag obair ann, bha fios aig Peigi nach canadh ise guth ri duine beò, ach nan cuireadh i sùim mar seo dhan chunntas a bha i air a chur air dòigh dhan bhalach bheag ann an aon chnap mòr bhiodh daoine a' bruidhinn mu dheidhinn. Air an làimh eile, cha b' urrainn dhi a chumail aig an taigh. Bha gu leòr ann airson an cumail a' dol fad... dè cho fada? Bha i cho cleachdte ri bhi a' caomhnadh a h-uile sgillinn, bha e doirbh a bhith a' smaoineachadh air sùimeannan cho mòr.

Aodach ùr do Thormod. Agus dhi fhèin. Làithean-saora, agus rudan spòrsail cuideachd, ach bu chòir dhi a chosg air rudan às an ionnsaicheadh e rudeigin. Deich bliadhna eile agus bhiodh e san oilthigh, is dòcha. Dh'fhàsadh an t-airgead nam fàgadh i sa chunntas e. Leabhraichean, aodach, àite-fuirich, bliadhna thall thairis. Am mac aice san oilthigh ann an Glaschu no Cill Rìmhinn no Oxford. Dh'fhaodadh e a bhith na dhotair, na neach-lagha, rud sam bith. Nan robh e air a shon. Leis an airgead seo, bhiodh roghainn aca.

Na ceistean ceart agus sgeulachd gun chrìch

'CHA DO CHUIR thu a' cheist cheart,' thuirt Tormod ri Morna.

'Cha do chuir mi ceist sam bith. Bha mise ag èisteachd ri mo sheanmhair. Is tus' a bhios a' briseadh a-steach air daoine nuair a tha iad a' feuchainn ri sgeulachd innse.'

Bha Morna air a bhith a' feuchainn ris a' chòrr den sgeulachd mu dheidhinn Raonaid agus Raghnall aithris, ach cha robh e a' dol cho math. Cha b' urrainn dhi cuimhneachadh air na bha a seanmhair air innse dhi, agus a-nis bha i sgìth dheth co-dhiù, agus sgìth de na ceistean aig Tormod.

'Nan robh Charlotte mì-thoilichte, carson nach do dh'inns i sin dha sna litrichean aice?'

'Chan eil fhios agam. Is dòcha gum b' fheàrr leatha innse dha aghaidh ri aghaidh. Thuirt mo sheanmhair gur ann mar sin a bu chòir dhut eas-aonta a làimhseachadh, le bhith a' bruidhinn ri càch a chèile.'

'Agus thàinig i dhan eilean?'

'Thàinig. Er… cha tàinig. Chan eil cuimhne agam.'

'Thuirt thu nach robh Raghnall gu bhith san eilean ach sia seachdainean.'

'Ach choinnich e ri Raonaid agus thuit e ann an gaol leatha.'

Cha robh an sgeul a' dèanamh ciall. Cha robh aire

Morna air is bha i air diofar rudan a ràdh a bha a' dol an aghaidh a chèile – gun robh Raonaid toilichte gun robh an duine òg seo ann an gaol leatha, ach cuideachd gun robh i air a nàrachadh agus den bharail nach robh e ach a' magadh oirre. Ach bha Tormod air briseadh a-steach oirre cho tric a-nis gun robh Morna air fàs uabhasach crosta leis.

Bha a h-uile duine crosta an-diugh. Bha Murchadh air a bhith còmhla riutha, agus Annabel is Beathag cuideachd, an còignear aca a' cluich anns a' ghàrradh aig taigh Morna, ach chaidh Murchadh agus Tormod a-mach air a chèile, air adhbhar nach robh idir cudromach no fiù 's a' dèanamh ciall, agus thuirt Beathag agus Annabel gur e bèibidhean a bha san triùir eile agus nach robh iad ag iarraidh a bhith còmhla riutha, agus chaidh iad a-steach agus suas gu seòmar Annabel airson... uill, ge bith dè nì nigheanan a tha dà no trì bliadhna nas aosta.

'Tha iad cho gòrach,' thuirt Morna. 'Bidh iad a' bruidhinn mu dheidhinn cò na balaich a tha tarraingeach agus cò tha iad a' dol a phòsadh agus dè seòrsa dreasa a bhios iad a' cur orra air latha na bainnse. Chan eil iad ach aon bliadhna deug a dh'aois.'

Bha Tormod coma dè dhèanadh Beathag agus Annabel, ach bha e a' cur dragh air Morna.

'Chan eil mise a' dol a phòsadh idir,' thuirt i. 'Ma phòsas tu chan urrainn dhut rud sam bith a dhèanamh a tha spòrsail.'

Bha Tormod fhathast a' smaoineachadh air Raghnall agus Raonaid – 's i nach robh pòsta, ach cha robh mòran a bha spòrsail mu deidhinn, is i cho farmadach, agus fiù 's leis an duine òg a' fàs cho dèidheil oirre cha robh i riaraichte le sin nas motha – ach bha e an amharas nach robh e a' dol a chluinntinn deireadh na sgeulachd seo an-diugh.

'Trobhad, a Mhurchaidh,' bha Morna ag ràdh. 'Thèid sinn a choimhead air na h-eich agus fàgaidh sinn ar peathraichean gòrach an seo.' Bha e follaiseach gu leòr do Thormod gun robh i air a h-ùidh san sgeulachd a chall buileach.

Choisich an triùir aca a dh'ionnsaigh taigh Dhonaidh Ailein, ubhal an urra aca, agus dh'ith Murchadh an t-ubhal aige air fad mus do ràinig iad na h-eich. Ach bha an dithis bhalach rèidh a-rithist agus bha sin mar bu chòir.

'An cuala sibh mun mhèirleach?' thuirt Murchadh.

'Cha chuala. Cò am mèirleach?'

'Bha an duine seo a thàinig dhan bhaile agus 's e bha fa-near dha ach a bhith a' goid airgead air a' bhoireannach bheairteach a bha seo.'

'Seadh, agus dh'ith an cù e. Dh'inns Annabel dhuinn,' thuirt Morna.

Chuir seo stad air Murchadh airson mionaid. 'Cha robh cù ann.'

'Bha,' thuirt Tormod. 'Cù mòr molach a chumadh sùil air airgead na cailliche.'

'Cò a' chailleach? Cha robh cailleach ann.' Agus bha rudeigin ann an guth Mhurchaidh a dh'fhàg Morna an amharas gun tòisicheadh an argamaid a-rithist.

'Is dòcha gur e mèirleach eile a bh' ann,' thuirt i, a' feuchainn ris an dithis aca a riarachadh. 'Cuin a bha seo, a Mhurchaidh?'

'An t-seachdain seo chaidh,' thuirt e. 'Bha e air na naidheachdan, agus chunnaic mi e.'

'Agus?'

'Chunnaic mi e. Esan. Am mèirleach. Bha e sa bhaile seo.'

Bha inntinn Thormoid air bhoil. Alasdair, mac Ruairidh? An duine a chunnaic e fhèin agus Murchadh aig ceann shuas a' bhaile?

'Chan eil mi gad chreidsinn,' thuirt Morna. 'Bidh thu a' bruidhinn an t-uabhas sgudail, a Mhurchaidh. Chan eil fhios agam carson. Dìreach a chionn 's gun robh rudeigin air na naidheachdan, cha leig thu a leas a bhith ag innse bhreugan is a' toirt a chreids' gu bheil thu fhèin air an rud sin fhaicinn.'

'Cò ris a bha e coltach, an duine seo a chunnaic thu?' arsa Tormod.

'Bha e àrd le falt dubh agus bha gunna aige, agus bha e a' losgadh air na daoine sa bhanca far an d' fhuair iad uile bàs. Pow! Pow! Pow!' Agus thuit Murchadh chun an làir. 'Aargh, tha mi a' bàsachadh... tha mi marbh!'

'Càit an robh am banca seo?' Bha Morna a' fàs fiadhaich. 'Ann am film, tha mi an dùil. Chan urrainn dhut fìrinn agus breug a mheasgachadh mar sin.'

Bha Tormod toilichte gun robh Morna air seo a ràdh ri Murchadh. Cha robh e ceart a bhith ag innse bhreugan mar sin, agus cha bhiodh Tormod fhèin dàna gu leòr airson trod ris. Ach an rud mu dheireadh a thuirt i, mu bhith a' measgachadh fìrinn agus breug, nach robh sin anns a h-uile sgeulachd co-dhiù? Sna sgeulachdan a bhiodh Ruairidh ag innse, agus a mhàthair, cha robh crìoch chinnteach eadar na rudan a thachair agus na rudan a bhathas a' cumail a-mach a thachair.

Bha iad air na h-eich a ruigsinn, agus thàinig na creutairean mòra gan ionnsaigh, a' faicinn gum faigheadh iad biadh math agus sliobadh. Bha anail nan each blàth air làmhan Thormoid. Bha am bilean tiugh agus bog, ach làidir aig an aon àm, a' greimeachadh air na h-ùbhlan agus gan tarraing a-steach air cùl nam fiaclan mòra aca.

'Tha sùilean eich nas motha na sùilean ainmhidh sam bith eile,' thuirt Tormod. Bha Ruairidh air sin innse dha, agus bha Miss Robinson air a mholadh nuair a thuirt e sin sa chlas cuideachd.

'Carson nach tèid sinn a choimhead air a' chlaigeann?' thuirt Morna. 'Chan eil thu air seo fhaicinn, a Mhurchaidh. Tha claigeann eich aig Ruairidh san t-seada aige. Tha e sònraichte.'

'Tha e eagalach,' thuirt Tormod.

'Chan eil e,' ars ise. 'Chan eil mi a' tuigsinn nam balach. Tha sibh uile mar bhèibidhean. Trobhadaibh. Nì sinn rèis agus bidh mise air thoiseach oirbh.'

Agus mus robh fios aca dè bha a' tachairt bha Morna a' ruith na deann a dh'ionnsaigh taigh Ruairidh, agus 's ann air èiginn a b' urrainn do na gillean cumail suas rithe.

Stad Tormod airson anail a tharraing. Bha Morna ro luath dha. Bha e duilich gun robh e air dragh a chur oirre leis na ceistean aige, oir cha robh i air deireadh sgeulachd Raonaid innse dha, agus is dòcha nach innseadh a-nis. Thug sin cumhachd dhi, gun robh fios aice dè bha a' tachairt aig an deireadh agus nach robh aigesan. Dh'fhaodadh Morna a bhith seòlta mar sin.

Chuala e a guth pìos beag air falbh. 'Ha, ha, 's mi a rinn a' chùis oirbh. Sibhs' na balaich ghòrach!'

Thòisich e a' ruith a-rithist.

Oifis a' phuist is plaide mhòr dhathte

CHÙM PEIGI SÙIL air na naidheachdan fad cola-deug. An robh adhbhar aice a bhith cho amharasach? Dè bha i an dùil cluinntinn co-dhiù? Nan robh mèirle le armachd air tachairt ann am banca sa bhaile mhòr, bhiodh an sgeulachd air a bhith air feadh nan naidheachdan – sgioba eucoirean ann an aghaidhean-coimheach, càr-teichidh luath, agus fireannaich làn fòirneirt as coireach. Agus bhiodh iad air na milleanan a ghoid, mar a rinn an fheadhainn a bhris a-steach air taigh-bathair aig a' phort-adhair ann an Lunnainn.

Cha bhiodh Alasdair an sàs anns a leithid, agus an t-sùim a bha sa chèis, ged a bha e mòr dhìse, cha robh e cho mòr sin. Nan robh obair chunbhalach aige, is dòcha gun robh e air an t-airgead sin a thrusadh. Ach bha i an amharas nach biodh e air obair chunbhalach a chumail fada gu leòr.

Cha bhiodh e air airgead a ghoid air seann bhoireannach a' fuireach leatha fhèin nas motha. Drugaichean? Is dòcha, ach a-rithist is iad eucoirich chruaidh a dhèanadh airgead mar sin. Cha bhiodh daoine beaga laga a' fàs beairteach sa ghnìomhachas sin. Rinn i a dìcheall gun a bhith a' smaoineachadh air, ach bha e doirbh.

Agus dè bu choireach gun robh e airson a thoirt dhi

a-nis. Ciont? Co-fhaireachdainn? Bha àm ann nuair a bha i fhèin agus Alasdair comasach air bruidhinn mu dheidhinn cuspair sam bith, is cha tigeadh càil eatarra, nan caraidean agus seagh, nuair a dh'fhàs iad nas motha na dìreach caraidean. Ach a-nis, às dèidh uine cho fada, agus theich e mar... uill, mar ghadaiche anns an oidhche.

Nach robh Morna agus Tormod coltach riutha? Caraidean o bha iad còig bliadhna a dh'aois. Balach is nighean cho neoichiontach, mar a bha Peigi is Alasdair aig aon àm. Ach an-diugh bha iad air a dhol a-mach air a chèile. Murchadh as coireach, is dòcha. Cha robh am balach ud idir socair no foighidneach, agus bha Morna ro gheur a bhith a' seasamh a chuid ròlaistean, agus bha Tormod bochd air a sgaradh eadar an dithis aca. Ach, thuirt Peigi rithe fhèin, dh'fheumadh Tormod fhèin na dàimhean seo a làimhseachadh. Nan robh a mhàthair a' tighinn a-steach airson rudan a chur ceart dhèanadh i barrachd cron na feum.

Bha Peigi air beagan airgid a chur dhan chunntas a bh' aice airson Thormoid aig oifis a' phuist. Cha deach i ann tràth sa mhadainn, nuair a bhiodh na seann daoine uile a' tarraing am peinnsein, ach aig àm sàmhach, agus cha do chuir an tè air cùl a' chunntair ceistean oirre. Cha b' e a gnothach-se a bh' ann, co-dhiù, ach ghabh Peigi iongnadh dè cho mòr 's a dh'fheumadh sùim airgid a bhith mus biodh e mar uallach air luchd-obrach oifis a' phuist innse do chuideigin.

Dh'aontaich Ruairidh gum pàigheadh esan an còrr den airgead a-steach. Cò bha a' dol a thogail ceist mu dheidhinn? Bha e air a bhith ag obair fad a bheatha, agus bha e an urra ris fhèin dè dhèanadh e le a chuid airgid. Agus nan robh seo a' dearbhadh do dhaoine gun robh e a-nis a' pàigheadh airson ogha nach robh aithnichte gu poblach mar ogha, uill, dè an diofar? Bha an naidheachd air a bhith am beul a' bhaile bho dh'fhàs Peigi trom, agus cha robh aon phìos fiosrachaidh a bharrachd a' dol a dh'atharrachadh bheachdan.

Nuair a bha Peigi ann an oifis a' phuist mhothaich i dhan phlaide chrochet a bha ri reic agus dh'fhaighnich i mu a deidhinn. Mar as trice bha miotagan is stocainnean agus rudan beaga mar sin ann airson an luchd-turais, ach cha robh i a-riamh air plaide mhòr mar sin fhaicinn. Dh'inns an tè gur e Màiri Anna, màthair Andaidh a bha san aon chlas ri Tormod, a rinn i, agus nach i a bha àlainn? Nach i a bha, dh'aontaich Peigi... obair sgileil!

Chuir e na cuimhne plaide a bh' aca san taigh nuair a bha i beag bìodach, air a dhèanamh a-mach a pìosan beaga snàtha a bha ro bheag airson dad eile. Bhiodh a leithid anns a h-uile taigh aig aon àm. Is dòcha gum bu chòir dhi rudeigin mar sin a dhèanamh leis na bha air fhàgail den stuth a chleachd i airson geansaidh Thormoid, agus airson a' chàrdagain bhuidhe a rinn i dhi fhèin an-uiridh, agus na criomagan eile a thug seanmhair Morna dhi. Bhiodh e snog rudeigin mar sin a dhèanamh, chan ann airson a reic don luchd-turais, ach airson leabaidh Thormoid. Ged a bha airgead gu leòr aca a-nis, cha robh sin ri ràdh nach bu chòir dhi feum a dhèanamh den a h-uile rud a bh' aca.

Ach thòisicheadh i air an obair sin an-ath-oidhch'. An-dràsta bha i sgìth. Rinn i cinnteach gun robh an dà dhoras glaiste mus deach i suas. Choimhead i a-steach air Tormod. Bha na brògan boga ùra aige ri taobh na leapa, meud ro mhòr dha, ach dh'fhàsadh a chasan. Bha an leabhar a bha e air a bhith a' leughadh na laighe fosgailte air a bheul fodha air a' bhroilleach, agus am balach beag fhèin air a dhruim-dìreach is a bheul fosgailte. Thuirt e a-nochd nach robh e ag iarraidh stòiridh bhuaipese ach gun leughadh e a leabhar fhèin. Thog Peigi an leabhar gu socair, chuir i pìos pàipeir ann mar chomharra agus chuir i às an solas.

Marsaili agus naidheachdan a' bhaile

BHA RUAIRIDH AGUS Peigi nan suidhe sa chidsin nuair a thill Tormod bhon sgoil, a' bruidhinn mar a bhios inbhich a' bruidhinn air cuspairean a tha cudromach dhaibh, ach a' tionndadh sa mhionaid gu sunnd is gàire nuair a dh'fhosgail e an doras.

'Agus sin am balach fhèin,' arsa Ruairidh. 'Bha do mhàthair dìreach ag innse dhomh cho math 's a rinn thu leis a' phròiseact agad san sgoil.'

Bha Tormod air na saighdearan beaga luaidhe a thaghadh mar chuspair. Bha e air stòiridh bheag a sgrìobhadh mu na figearan – mar a bha iad a' riochdachadh shaighdearan à diofar chogaidhean an naoidheamh linn deug agus san fhicheadamh linn – is bha e air dealbh a dhèanamh dhiubh. Bha Miss Robinson cho moiteil às gun deach iarraidh air bruidhinn air beulaibh na sgoile gu lèir – chan ann ris a' chlas aige fhèin a-mhàin – mun obair a rinn e fhèin agus Ruairidh gam peantadh às ùr, agus thug e a-steach trì dhiubh airson sealltainn don chloinn eile. Thuirt ceannard na sgoile gun robh e air obair glè mhath a dhèanamh agus sgeulachd glè inntinneach innse dhaibh, agus dh'fhàg Tormod talla na sgoile air a' mhadainn ud a' faireachdainn òirleach no dhà na b' àirde na bha e. Bha fiù 's Pòl Mòr is Andaidh sàmhach. Is ainneamh a gheibheadh iad moladh mar sin.

Agus thàinig a' Bh-ph Caimbeul far an robh e agus choimhead i air na saighdearan beaga agus thuirt i, 'Is an tuirt thu gun robh na saighdearan seo aig do sheanair nuair a bha esan na bhalach?' Rud a chuir iongnadh air Tormod.

'Chan e Ruairidh mo sheanair,' thuirt e. 'Ach tha e coltach ri seanair.'

Bha a' Bh-ph Caimbeul air a nàrachadh, ged a rinn i a dìcheall gun a bhith a' nochdadh gun robh i air rud cho gòrach a ràdh. Balach òg mar sin, cha bhiodh daoine air innse dha fhathast. Ach shaoil Tormod gun robh e neònach gun canadh i sin, oir nach robh an aon smuain air a bhith aige nuair a fhuair e a-mach mu dheidhinn Alasdair? Ach cha robh Alasdair is a mhàthair pòsta. Dìreach nan caraidean. Thuirt i sin.

Dh'fhàg siud a' cheist nach robh e fhathast deiseil a chur air a mhàthair, mu dheidhinn cò a bha na athair, agus ann an dòigh bha e airson faighinn a-mach ach ann an dòigh eile cha robh. Bhiodh daoine sa bhaile a' bruidhinn fad an t-siubhail mu dheidhinn athair Mhurchaidh agus Beathag, ged a bha esan air a bhith marbh fad bhliadhnaichean. Bha e mar charactar ann an sgeulachd a bha air a bhith ann aig aon àm, ach cha b' urrainn dha càil a dhèanamh air an son a-nis. Smaoinich e air bean Iain san sgeulachd sin a bh' aig Ruairidh. Phòs ise a-rithist. Dè thachradh nan robh a' Bh-ph NicRath airson pòsadh a-rithist? Bhiodh e annasach nan robh a h-uile duine fhathast a' bruidhinn mu dheidhinn a' chiad duine aice, ga mholadh is ag ràdh cho math 's a bha e. Thuirt Morna nach pòsadh i idir is gun robh caileagan a bha ag iarraidh bhainnsean is bhèibidhean gòrach. Smaoinich Tormod gum faigheadh e a-mach bhuaipese dè an ceangal a bh' ann, is ciamar a b' urrainn dhut a bhith pòsta gun chlann agad, no clann a bhith agad gun phòsadh. Bha rudeigin – an t-eòlas a bh' aige nach robh esan deiseil fhaighneachd no ise deiseil a fhreagairt – a' cur stad air bho bhith a' togail na ceiste le a mhàthair.

Dh'iarr Peigi air Tormod aodach fhèin a chur air mus gabhadh iad biadh, is bha Ruairidh a' dol a dh'ithe còmhla riutha a-nochd. Nuair a thill am balach beag às an t-seòmar aige bha Ruairidh a' rùsgadh a' bhuntàta agus bha Peigi ag ullachadh nan rudan eile airson an dinnearach is iad a' bruidhinn mu dheidhinn Marsaili, a bha tinn agus gun mòran dòchais gun tigeadh i troimhe an turas seo.

'Thuirt Eilidh gun robh i cofhurtail gu leòr a-raoir,' arsa Peigi. 'Ach bha i a' gearan mu na nursaichean, mar a bhiodh tu an dùil.'

'Chuireadh e iongnadh orm mura robh,' thuirt Ruairidh. 'Tha am boireannach ud air a bhith a' gearan bhon latha a rugadh i.'

Chunnaic iad Tormod na sheasamh aig an doras.

'Siuthad, ma-tà,' arsa Peigi. 'Tha leth-uair a thìde agad mus bi am biadh deiseil. A-mach a chluich leat!'

Agus dh'fhalbh Tormod a chluich sa ghàrradh, a' fàgail an dorais fosgailte gus an cluinneadh e còmhradh nan inbheach.

'Bha cuid de na leadaidhean a' cèilidh oirre an-diugh, agus am ministear.'

'Hmph!' Guth Peigi a bha seo. 'Abair cofhurtachd! Na leadaidhean eagalach ud gad chuairteachadh air leabaidh do bhàis.'

'Dhìse, chanainn gur e sin an dearbh rud a chòrdadh rithe,' thuirt Ruairidh.

'Aidh, uill tha i air a bhith aig cridhe a' chearcaill ud fad leth-cheud bliadhna.'

'Chan e droch chreutair a th' innte, a Pheigi.'

'Uill, tha i meadhanach an-dràst' is chan eil mi a' dol

ga càineadh tuilleadh. An sìn sibh thugam an sgian ud?'
Dh'fhalbh Tormod tron ghàrradh. Thog e dà sheilcheig agus chuir e air an staran iad, a' feuchainn ri rèis a chur air dòigh eatarra, ach cha robh iad deònach. Thug e an dà shaighdear luaidhe a-mach às a phòcaid agus rinn e rèis eatarra, a ghabhadh stiùireadh nas fhasa na seilcheagan. Càit an robh an treas fear? Fhathast ann am pòcaid a bhriogais sgoile, is dòcha. Bhiodh e a' toirt a h-uile rud bhon dàrna briogais chun na briogaise eile ann an aon chnap mòr – pìosan sreinge agus suiteas agus nèapraige agus saighdearan luaidhe – a h-uile turas a chuireadh e aodach ùr air. Bha e an dòchas nach robh e air am figear ud a chall; cha bhiodh Ruairidh toilichte.

Bhiodh guthan a mhàthar agus Ruairidh a' tighinn is a' falbh is e a' gluasad bho àite gu àite sa ghàrradh. Bha an t-acras air a-nis. Saoil am faigheadh e briosgaid an-dràsta? Droch theans. Chanadh a mhàthair gum milleadh e a chàil airson a dhinnearach.

Choimhead e gu deas, far an robh an rathad chun a' bhaile a' dol timcheall air taigh Marsaili agus a-mach à sealladh. Bha Marsaili san ospadal. Chuimhnich e air an sgeulachd a bh' aice mun duine a bha a' bàsachadh, a bheatha a' falbh leis an tràghadh. Cuin a bha sin? Nuair a bha i fhèin glè òg. Glè òg? Nas òige co-dhiù, ach thuirt i rudeigin mun chloinn a bha nan cadal san leabaidh, agus mu Mhàiri Anna. Cò i? Chan i an aon Mhàiri Anna a bha ann an sgeulachd a mhàthar. Dh'fhalbh ise còmhla ris an duine dhall.

Mhothaich e gun robh cuideigin a' coiseachd air an rathad. A' dol gu taigh Marsaili, is dòcha, airson aodach-leapa fhaighinn dhi. Fireannach a bh' ann. Fear àrd. Bha e ro fhada air falbh airson faicinn an robh e dubh no bàn no dè seòrsa aodach a bh' air. Cha deach e a-steach gu taigh Marsaili. Dh'fhuirich e far an robh e airson mionaid agus thòisich e a' coiseachd a-rithist. Cha robh e a' dol gu taigh Marsaili, ma-tà.

'A Thormoid, m' eudail.' Thàinig guth Peigi às a' chidsin. 'Trobhad a-nis is nigh do làmhan. Bidh am biadh air a' bhòrd an ceann dà mhionaid.'

Choimhead am balach beag air a làmhan, a bha salach gu leòr, dubh fo na h-ìnean aige. Chan fhaigheadh e biadh gus am biodh iad glan.

Thug e sùil air an rathad aon turas eile mus deach e a-steach. Cha robh am fireannach ri fhaicinn tuilleadh.

Luath foillsichearan earranta
le rùn leabhraichean as d' fhiach a leughadh fhoillseachadh

Thog na foillsichearan Luath an t-ainm aca o Raibeart Burns, aig an robh cuilean beag dom b' ainm Luath. Aig banais, thachair gun do thuit Jean Armour tarsainn a' chuilein bhig, agus thug sin adhbhar do Raibeart bruidhinn ris a' bhoireannach a phòs e an ceann ùine. Nach iomadh doras a tha steach do ghaol! Bha Burns fhèin mothachail gum b' e Luath cuideachd an t-ainm a bh' air a' chù aig Cú Chulainn anns na dàin aig Oisean. Chaidh Luath a stèidheachadh an toiseach ann an 1981 ann an sgìre Bhurns, agus tha iad a-nis stèidhichte air a' Mhìle Rìoghail an Dùn Èideann, beagan shlatan shuas on togalach far an do dh'fhuirich Burns a' chiad turas a thàinig e dhan bhaile mhòr. Tha Luath a' foillseachadh leabhraichean a tha ùidheil, tarraingeach agus tlachdmhor. Tha na leabhraichean againn anns a' mhòr-chuid dhe na bùitean am Breatann, na Stàitean Aonaichte, Canada, Astràilia, Sealan Nuadh, agus tron Roinn Eòrpa – 's mur a bheil iad aca air na sgeilpichean thèid aca an òrdachadh dhut. Airson leabhraichean fhaighinn dìreach bhuainn fhìn, cuiribh seic, òrdugh-puist, òrdugh-airgid eadar-nàiseanta no fiosrachadh cairt-creideis (àireamh, seòladh, ceann-latha) thugainn aig an t-seòladh gu h-ìseal. Feuch gun cuir sibh a' chosgais 'son postachd is cèiseachd mar a leanas: An Rìoghachd Aonaichte – £1.00 gach seòladh; postachd àbhaisteach a-null thairis – £2.50 gach seòladh; postachd adhair a-null thairis – £3.50 'son a' chiad leabhair gu gach seòladh agus £1.00 airson gach leabhair a bharrachd chun an aon seòlaidh. Mas e gibht a tha sibh a' toirt seachad bidh sinn glè thoilichte ur cairt no ur teachdaireachd a chur cuide ris an leabhar an-asgaidh.

Luath foillsichearan earranta
543/2 Barraid a' Chaisteil
Am Mìle Rìoghail
Dùn Èideann EH1 2ND
Alba
Fòn: +44 (0)131 225 4326 (24 uair)
sales@luath.co.uk
www.luath.co.uk